Bianca

Regreso a palacio
Kate Hewitt

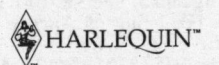

Editado por HARLEQUIN IBÉRICA, S.A.
Núñez de Balboa, 56
28001 Madrid

© 2009 Kate Hewitt. Todos los derechos reservados.
REGRESO A PALACIO, N.º 2008 - 23.6.10
Título original: Royal Love-Child, Forbidden Marriage
Publicada originalmente por Mills & Boon®, Ltd., Londres.

Todos los derechos están reservados incluidos los de reproducción, total o parcial. Esta edición ha sido publicada con permiso de Harlequin Enterprises II BV.
Todos los personajes de este libro son ficticios. Cualquier parecido con alguna persona, viva o muerta, es pura coincidencia.
® Harlequin, logotipo Harlequin y Bianca son marcas registradas por Harlequin Books S.A.
® y ™ son marcas registradas por Harlequin Enterprises Limited y sus filiales, utilizadas con licencia. Las marcas que lleven ® están registradas en la Oficina Española de Patentes y Marcas y en otros países.

I.S.B.N.: 978-84-671-7952-1
Depósito legal: B-16626-2010
Editor responsable: Luis Pugni
Preimpresión y fotomecánica: M.T. Color & Diseño, S.L.
C/ Colquide, 6 portal 2 - 3º H. 28230 Las Rozas (Madrid)
Impresión y encuadernación: LITOGRAFÍA ROSÉS, S.A.
C/ Energía, 11. 08850 Gavá (Barcelona)
Fecha impresion para Argentina: 20.12.10
Distribuidor exclusivo para España: LOGISTA
Distribuidor para México: CODIPLYRSA
Distribuidores para Argentina: interior, BERTRAN, S.A.C. Vélez Sársfield, 1950. Cap. Fed./ Buenos Aires y Gran Buenos Aires, VACCARO SÁNCHEZ y Cía, S.A.
Distribuidor para Chile: DISTRIBUIDORA ALFA, S.A.

Capítulo 1

¿CUÁNTO?

Phoebe Wells miró al hombre que estaba frente a ella y que la observaba con los ojos entrecerrados, estudiándola. Tenía el cabello ligeramente despeinado, los dos primeros botones de la camisa desabrochados, revelando un retazo de piel dorada.

–¿Cuánto? –repitió ella.

La pregunta no tenía sentido. ¿Cuánto qué? Nerviosa, apretó la correa del bolso. Mientras dos agentes del gobierno la «acompañaban» al salón había tenido que hacer un esfuerzo para no preguntar si estaba detenida. En realidad, había tenido que hacer un esfuerzo para no ponerse a gritar.

No le habían dado explicación alguna, ni siquiera la habían mirado mientras la llevaban a uno de los salones del palacio para hacerla esperar durante veinte aterradores minutos antes de que aquel hombre, Leo Christensen, el primo de Anders, hiciera su aparición.

Y ahora le estaba preguntando cuánto y ella no sabía a qué se refería.

Ojalá Anders estuviera allí. Ojalá no la hubiera dejado sola para sufrir el desprecio de aquel primo suyo, el hombre que acababa de dar un paso adelante para colocarse frente a ella, alto como una torre. Ojalá, pensó, con el pulso acelerado, lo conociera mejor.

—¿Cuánto dinero, señorita Wells? —le aclaró entonces Leo Christensen—. ¿Cuánto dinero hace falta para que deje en paz a mi primo?

La sorpresa dejó a Phoebe helada por un momento, pero enseguida recuperó la calma. Debería haber esperado aquello; ella sabía que la familia Christensen, la familia real de Amarnes, no deseaba que una sencilla chica americana tuviese relación con el heredero al trono.

Claro que no sabía eso cuando lo conoció en un bar de Oslo. Había pensado entonces que era un chico normal, o tan normal como podía serlo un hombre como Anders. Rubio, encantador, con una confianza en sí mismo y una simpatía que atraía la atención de todo el mundo. E incluso ahora, abajo la mirada irónica de Leo Christensen, se agarró a ese recuerdo, sabiendo que lo amaba y él la amaba también.

¿Pero dónde estaba? ¿No sabía que su primo estaba intentando chantajearla?

Phoebe se obligó a sí misma a mirarlo a los ojos.

—Me temo que no tiene suficiente dinero.

—Inténtelo —dijo él—. Dígame una cantidad.

—No tiene dinero suficiente porque no hay dinero suficiente en el mundo, señor Christensen —replicó ella.

—Excelencia, en realidad. Mi título oficial es el de duque de Larsvik.

Phoebe tragó saliva, recordando con qué clase de

gente estaba tratando. Gente rica, poderosa, miembros de una familia real. Gente que no la quería allí... pero Anders sí la quería. Y eso era más que suficiente.

Cuando Anders dijo que quería presentarle a sus padres, Phoebe no sabía que se trataba del rey y la reina de Amarnes, un principado en una isla en la costa de Noruega. Y también a aquel hombre, un hombre al que reconocía porque lo había visto innumerables veces en las revistas del corazón, normalmente el protagonista de algún drama sórdido que incluía mujeres, deportivos y casinos... o las tres cosas a la vez.

Anders le había hablado de Leo, le había advertido contra él y después de unos minutos de conversación Phoebe creía todo lo que le había dicho.

«Es una mala influencia. Mi familia ha intentado reformarlo, pero nadie puede ayudar a Leo».

¿Y quién iba a ayudarla a ella?, se preguntó Phoebe. Anders le había hablado a sus padres de ella por la noche, a solas. Y, evidentemente, esa conversación no había ido como esperaba. De modo que habían enviado a Leo, la oveja negra de la familia, a lidiar con ella... con el problema.

Phoebe sacudió la cabeza, intentando controlar los nervios.

–Muy bien, excelencia. Pero ya le he dicho que no hay suficiente dinero en el mundo para que deje a Anders.

–Ah, qué admirable. ¿Entonces es amor verdadero?

Phoebe tragó saliva. Por su expresión irónica, parecía creer que lo que había entre Anders y ella era algo sórdido, barato.

—Sí, lo es.

Leo metió las manos en los bolsillos del pantalón mientras se acercaba a la ventana para mirar la plaza del palacio de Amarnes. Hacía una mañana clara, soleada, con algunas nubes dispersas sobre la capital de Amarnes, Njardvik. Y las estatuas de bronce de dos águilas, el emblema del país, brillaban bajo el sol.

—¿Desde cuándo conoce a mi primo?

—Desde hace diez días.

—Diez días.

Leo se volvió arqueando una ceja y Phoebe sintió que le ardían las mejillas. Diez días era muy poco tiempo. Incluso sonaba ridículo, pero Anders y ella estaban enamorados. Lo había sabido cuando él la miró en aquel bar... y sin embargo ahora, bajo la mirada ámbar de aquel hombre, se daba cuenta de que diez días no eran nada.

¿Pero qué le importaba a ella lo que pensara Leo Christensen? Él era un hombre que buscaba placeres, vicios. Y estando tan cerca notaba algo más oscuro en él, algo peligroso.

—¿Y cree que diez días son suficientes para conocer a alguien, para saber que uno está enamorado?

Phoebe se encogió de hombros. No iba a defender lo que sentía por Anders o lo que él sentía por ella.

—Imagino que se dará cuenta —siguió Leo— de que si se casara con él sería usted la reina de Amarnes. Y eso es algo que este país no está dispuesto a aceptar.

—No tendrán que hacerlo –dijo Phoebe. La idea de convertirse en reina era aterradora–. Anders me dijo que pensaba abdicar.
—¿Abdicar? –repitió Leo–. ¿Él le dijo eso?
—Sí.
—Entonces nunca será rey.

Phoebe no pensaba dejar que aquel hombre la hiciera sentir culpable.

—Anders no quiere ser rey...

Leo soltó una carcajada.

—¿No quiere ser rey cuando es lo único que sabe, lo único que conoce? Le han preparado para ello desde que nació, señorita.

—Él me dijo...

—Anders no sabe lo que quiere –la interrumpió Leo.

—Ahora sí lo sabe –lo defendió Phoebe, con más determinación de la que sentía en realidad–. Anders me quiere.

Había sonado tan infantil, tan poco creíble...

Leo la miró un momento, su expresión peligrosamente neutral.

—¿Y usted lo quiere a él?

—Pues claro que sí –contestó Phoebe, apretando la correa del bolso para agarrarse a algo.

¿Dónde estaba Anders?

Aquel salón, con las cortinas de terciopelo y las antigüedades, resultaba opresivo, asfixiante. ¿Podría marcharse de allí?, se preguntó. Era consciente de ser una extranjera y estaba frente a un hombre con autoridad y que sin duda la usaría para salirse con la suya.

¿Sabría Anders que Leo estaba hablando con ella? ¿Por qué no la había buscado? ¿Por qué no estaba a su lado como debería? Desde que anunció su relación a la familia había desaparecido y, a pesar de sí misma, Phoebe empezaba a dudar.

–¿Lo ama suficiente como para vivir en el exilio durante el resto de su vida?

–Exiliado de una familia que ni lo acepta ni lo quiere –replicó ella–. Anders nunca ha querido ser rey, nunca ha querido nada de esto... –Phoebe señaló alrededor.

–Ya, claro –murmuró Leo, volviéndose hacia la ventana de nuevo–. ¿Diez mil dólares serán suficiente? ¿O cincuenta mil?

Phoebe se irguió, una ola de rabia reemplazando el miedo.

–Ya le he dicho que no hay dinero suficiente...

–Phoebe –Leo se volvió para mirarla, tuteándola por primera vez–. ¿De verdad crees que un hombre como Anders podría hacerte feliz?

–¿Y cómo podría saber eso un hombre como usted? –replicó ella.

–¿Un hombre como yo? ¿Qué quieres decir con eso?

–Anders me ha hablado de usted... y sé que no sabe nada sobre el amor. Sólo le importa pasarlo bien y que nadie le moleste, así que imagino que yo soy un estorbo.

–Podría decirse así –asintió él. Por un segundo, Phoebe se preguntó si lo había herido con sus palabras... no, imposible. Leo estaba sonriendo; una sonrisa muy desagradable, aterradora–. Eres un inconveniente, desde luego. Pero, ¿qué habría pasado si tú y yo nos hubiéramos conocido antes de que conocieras a Anders?

Phoebe lo miró, perpleja.

–Nada –contestó, nerviosa. ¿Qué había querido decir con eso?

Daba igual, no pensaba dejarse intimidar. Decidida, levantó la mirada hacia los botones de su camisa y la columna de su cuello, donde latía el pulso, sintiendo un cosquilleo en su interior... un cosquilleo de deseo.

Y sintió que le ardían las mejillas de vergüenza.

Leo levantó una mano para apartar el pelo de su cara y Phoebe dio un respingo.

–¿Estás segura?

–Sí.

Pero en aquel momento no lo estaba y los dos lo sabían. No debería afectarla de esa forma si amaba a Anders, pensó.

¿Lo amaba?

–Estás muy segura de ti misma –dijo Leo entonces, rozando su garganta con un dedo.

Phoebe dejó escapar una exclamación de... ¿sorpresa? ¿Indignación?

¿De placer?

Se había apartado, pero aún podía sentir el calor de ese dedo, como si hubiese tirado de una cuerda de su alma, el sonido reverberando por todo su cuerpo.

–¡Phoebe!

Lanzando una exclamación de nuevo, esta vez de alivio, Phoebe se volvió hacia la puerta para ver a

Anders, que había aparecido como el dios Baldur del mito noruego.

–Llevo una hora buscándote por todas partes. Nadie me decía dónde estabas...

–Estaba aquí –dijo ella, apretando sus manos– con tu primo.

Anders miró a Leo y su rostro se oscureció, no sabía si de rabia o tal vez de celos. Pero Leo miraba a su primo con total frialdad, casi con odio. Y Phoebe recordó entonces el final del mito noruego que había leído durante su viaje a Escandinavia: Baldur había sido asesinado por su propio hermano gemelo, Hod, el dios de la oscuridad y el invierno.

–¿Para qué querías ver a Phoebe, Leo? –le preguntó, con tono frío, casi petulante.

–Para nada –sonrió su primo, abriendo los brazos en un universal gesto de inocencia–. Está claro que te quiere de verdad –añadió, con una sonrisa que negaba sus palabras.

–Por supuesto que sí –afirmó Anders, pasándole un brazo por los hombros–. No sé por qué has querido hablar con ella, pero debes saber que estamos decididos a casarnos...

–Y tal determinación es admirable –lo interrumpió Leo–. Se lo diré al rey.

La expresión de Anders se endureció, pero parecía más el gesto de un niño enfadado que el de un adulto.

–Haz lo que te parezca. Si mi padre quiere que me convenzas para que no me case...

–Evidentemente, no puedo hacer nada.

–Nada –repitió Anders, volviéndose hacia Phoebe–. Es hora de irnos, querida. Aquí no hay nada para nosotros. Podemos tomar el ferry a Oslo y luego el tren hasta París.

Phoebe asintió, aliviada. Sabía que debería sentirse feliz, entusiasmada...

Y, sin embargo, mientras salían del salón, con el brazo de Anders sobre sus hombros, sentía la mirada penetrante de Leo clavada en su espalda y esa extraña emoción que emanaba de él y que parecía extraña, imposiblemente... casi una mirada de pesar.

Capítulo 2

Seis años después

Estaba lloviendo en París, una llovizna que teñía de gris a los invitados al funeral real y que hacía borrosas las imágenes de televisión.

Aunque Phoebe no había conocido a nadie de la familia real de Amarnes... salvo a Leo. Incluso ahora, seguía inquietándola recordar la mirada que había lanzado sobre ellos mientras salían del palacio. Ése fue el último contacto de Anders con su familia y con su país.

Seis años atrás... una eternidad, le parecía. Desde luego, más de una vida se había visto afectada por el rumbo de los acontecimientos.

–¿Mamá? –Christian se volvió para mirar a su hijo de cinco años, que miraba la pantalla con el ceño fruncido–. ¿Qué estás viendo?

–Nada, sólo...

¿Cómo podía explicarle al niño que su padre, el padre al que no había conocido, había muerto? No significaría nada para Christian, que había aceptado mucho tiempo atrás que no tenía un papá. No necesitaba uno y era muy feliz con su madre, sus parientes, sus amigos y su colegio en Nueva York.

—¿Qué? —insistió su hijo.
—Estaba viendo una cosa, nada más —sonrió Phoebe, levantándose del sofá para abrazarlo—. ¿No es la hora de la cena?
—¡Sí!

Al otro lado de la ventana en su apartamento de Greenwich Village brillaba el sol. Sin embargo, mientras sacaba una cacerola del armario y su hijo le contaba algo sobre un nuevo súper héroe o súper robot, Phoebe no dejaba de pensar en el funeral.

Anders, su marido durante un mes, había muerto.

Phoebe sacudió la cabeza, incapaz de sentir más que pena por un hombre que había aparecido y desaparecido de su vida con la misma brusquedad. Anders había tardado muy poco tiempo en darse cuenta de que aquello no era más que una aventura pasajera y Phoebe había entendido también lo superficial y caprichoso que era el hombre del que se había creído enamorada. Y, sin embargo, ese breve romance le había dado algo que no tenía precio: Christian.

—Me gustan más los verdes... —Christian tiró de su manga—. Mamá, ¿me estás escuchando?

—Sí, cariño —sonrió Phoebe.

Debía dejar de recordar el pasado, se dijo. Hacía años que no pensaba en Anders, pero su funeral había despertado recuerdos de aquel tiempo... y de la horrible entrevista con su primo Leo en palacio. Incluso ahora recordaba la mirada fría de aquel hombre, cómo la había tocado y la sorprendente respuesta que había despertado ese roce.

Atónita, Phoebe se dio cuenta de que estaba pensando en Leo y no en Anders, que se había convertido para ella en una imagen borrosa, como una vieja fotografía. Sin embargo, Leo... lo recordaba tan claramente como si lo estuviera viendo en aquel instante.

Phoebe miró la cocina de su modesto pero cómodo apartamento, casi como si pudiera ver a Leo entre las sombras. Y luego rió, pensando que era una ridiculez. Leo Christensen estaba a miles de kilómetros de distancia.

Anders y ella se habían separado poco después de que Leo le ofreciese dinero por decirle adiós y nunca había vuelto a verlo. Y en cuanto a Anders... después de su ruptura, Phoebe se había ido a Nueva York con Christian para empezar de nuevo con el apoyo de su familia y sus amigos.

–¿Sabes una cosa? No me apetece cocinar hoy. ¿Te apetece una pizza?

–¡Sí! –gritó su hijo, saliendo a la carrera de la cocina.

Phoebe fue tras él para buscar los abrigos, pero se detuvo, sorprendida, al ver a Christian frente al televisor. Estaba mirando la procesión de dignatarios y familiares por una famosa avenida parisina, la bandera con las dos águilas cubriendo el ataúd...

–¿Ahí dentro hay un muerto?

Ella tragó saliva.

–Sí, cariño, es un funeral.

–¿Por qué sale en televisión?

–Porque era un príncipe.

–¿Un príncipe? –repitió Christian–. ¿Uno de verdad?

–Sí, uno de verdad –sonrió su madre.

No iba a decirle que Anders había abdicado o que era su padre, por supuesto. Siempre había querido que el niño supiera la verdad, pero aún no había llegado el momento. Además, Christian sabía lo más importante: que su madre lo quería por encima de todo.

De modo que apagó el televisor, cortando en seco las palabras del comentarista.

«El príncipe de Amarnes conducía bajo los efectos del alcohol... su acompañante, una modelo francesa, falleció de forma inmediata a su lado».

–Vamos, hijo. Hora de cenar.

Estaban a punto de salir cuando sonó el timbre y luego dos golpecitos secos en la puerta. Christian y Phoebe se miraron. Qué curioso, pensaría ella después, que a los dos les hubiera parecido algo extraño. Dos golpes secos, seguidos, no como los golpecitos que daba su vecina, la señora Simpson.

Dos golpes que sonaban como una advertencia y, por alguna razón, los dos lo habían intuido.

–¡Abro yo! –gritó Christian por fin, corriendo hacia la puerta.

–No, espera –Phoebe lo sujetó–. Te he dicho que no debes abrir nunca sin preguntar quién es, hijo.

Cuando abrió la puerta se le encogió el corazón al ver a dos hombres con traje oscuro. Tenían la expresión neutral de funcionarios del gobierno. De hecho, eran hombres como aquéllos los que la habían llevado al salón del palacio seis años antes.

–¿*Madame* Christensen?

Era un apellido que Phoebe no había escuchado en mucho tiempo porque usaba su apellido de soltera desde que se separó de Anders. Pero la presencia de aquellos hombres y ese apellido la llevó de nuevo al palacio de Amarnes...

Incluso ahora podía sentir la presencia de Leo, el roce de aquel dedo en su garganta. Incluso ahora, seis años después, recordaba la fascinación que había sentido por él; su cuerpo traicionándola de la manera más inesperada.

–Me llamo Phoebe Wells.

El hombre le ofreció su mano y ella la estrechó, en silencio, apartándola enseguida.

–Mi nombre es Erik Jensen. Somos representantes de Su Majestad, el rey Nicholas de Amarnes. ¿Le importaría venir con nosotros?

–Mamá...

Phoebe vio que su hijo estaba asustado. Como ella se había asustado seis años antes. Pero entonces era muy joven, ahora era una mujer madura, más fuerte.

–No pienso ir a ningún sitio.

–*Madame* Christensen...

–¿Por qué llama así a mi mamá? – le espetó Christian.

–Lo siento –se disculpó Jensen–. Sería mejor que viniera con nosotros, señora Wells. El cónsul de Amarnes la espera y...

–Yo no tengo nada que hablar con el cónsul –lo interrumpió ella–. De hecho, cualquier relación terminó hace seis años.

Cuando Anders firmó los papeles de abdicación ningún miembro de la familia había dicho una palabra, nadie los había acompañado, nadie les había dicho adiós. Habían salido del palacio como dos sombras.

–Las cosas han cambiado –dijo Jensen–. Y es necesario que hable con el cónsul, señora Wells.

«Las cosas han cambiado». Una frase tan inocua como siniestra. Christian se agarró a su pierna y Phoebe se enfureció con los hombres que asustaban a su hijo.

–Mire, ya le he dicho...

–¿Mami, quiénes son estos señores?

–No te preocupes, hijo –dijo ella, intentando sonreír.

¿Por qué estaban allí esos hombres? ¿Por qué querían que hablase con el cónsul de Amarnes?

Pero no había razón para asustarse, se dijo. Y, sin embargo, mientras intentaba convencerse de ello, una garra parecía apretar su corazón. Sabía que la familia real de Amarnes era capaz de muchas cosas. Había visto cómo le daban la espalda a Anders sin piedad alguna, lo había visto en lo fríos ojos de Leo.

–Mamá...

–Luego te lo explicaré, cariño. Pero no debes tener miedo. Estos señores quieren hablar conmigo, nada más. ¿Por qué no te quedas un rato con la señora Simpson?

Christian arrugó la nariz.

–Su apartamento huele a gatos. Y yo quiero estar contigo.

–Lo sé, pero... –Phoebe acarició el pelo de su hijo, aún tan suave como el de un bebé–. Muy bien, de acuerdo, puedes venir conmigo.

No debía asustarse. Ella había rehecho su vida en

Nueva York y no tenía por qué darle explicaciones a nadie.

Iría al consulado de Amarnes y después se olvidaría del asunto para siempre.

–Muy bien, de acuerdo –dijo por fin, mirando a Jensen.

Phoebe tomó la mano de Christian, que debía estar asustado de verdad porque no se soltó como hacía siempre, y miró a los agentes del gobierno, que estaban en la puerta como cuervos.

–Voy a buscar un par de cosas, esperen un momento. Pero me gustaría resolver lo que haya que resolver lo antes posible porque tengo que dar de cenar a mi hijo.

El silencio de los dos hombres, pensó Phoebe, era tan siniestro como elocuente.

Sólo tardó un minuto en guardar algunos juguetes en una bolsa y después siguió a los hombres por la escalera. La señora Simpson salió al descansillo en bata, mirándolos con cara de sorpresa.

–Phoebe, ¿ocurre algo?

–No, no pasa nada, señora Simpson –intentó sonreír ella–. Volvemos enseguida.

Un coche negro con las ventanillas tintadas esperaba en la calle y otro hombre, también vestido de negro, salió para abrirles la puerta.

Y cuando se cerró, Phoebe se preguntó si estaba cometiendo el mayor error de su vida o si estaría siendo exageradamente melodramática.

Firmaría un papel renunciando a todo lo que pudiera corresponderle por su matrimonio con Anders y luego volvería a casa, se decía.

El sol empezaba a ponerse, tiñendo los edificios de Greenwich Village de un color dorado mientras el coche se deslizaba por las calles, frente a las elegantes boutiques y las terrazas en aquella fría tarde de noviembre.

Pasaron frente al edificio de las Naciones Unidas y, por fin, el coche se detuvo frente a un edificio con la bandera de Amarnes.

Phoebe bajó del coche tomando a Christian de la mano y siguió a los dos hombres. El interior parecía más una mansión que un consulado, con cortinas de seda y antigüedades decorando el vestíbulo, sus pasos silenciados por una espesa alfombra Aubusson.

Una mujer de traje oscuro y pelo rubio se acercó a ellos entonces.

–*Madame* Christensen, la están esperando –anunció, mirando luego a Christian–. Yo puedo quedarme con el niño...

–Nadie va a quedarse con mi hijo –la interrumpió Phoebe.

La mujer miró a los hombres, confusa.

–Hay una habitación arriba con juguetes y una televisión. Tal vez sería mejor... –empezó a decir Jensen.

Phoebe se mordió los labios. Debería haber dejado a Christian con la señora Simpson, pensó. Pero no había querido separarse del niño y no quería hacerlo ahora. Aunque tampoco quería que Christian presenciase una desagradable discusión con algún funcionario sobre las posesiones de Anders.

–Muy bien –dijo por fin–. Pero quiero que me lo devuelvan en quince minutos.

—De acuerdo.

—Christian, ¿te importa quedarte un ratito con esta señora? Yo tengo que hablar con una persona, pero sólo tardaré unos minutos.

—Bueno —dijo el niño.

La mujer tomó a Christian de la mano y lo llevó hacia una escalera de mármol, mientras Jensen le indicaba que lo siguiera.

—Por aquí, por favor.

La llevó a un salón lleno de retratos, con el emblema del país por todas partes, desde la alfombra a las copas sobre un elegante mueble bar.

—¿Quiere un café, un té?

—No, no quiero nada, gracias. Sólo quiero hablar con quien tenga que hablar y volver a mi casa cuanto antes.

Jensen asintió con la cabeza.

—Espere aquí, por favor.

Phoebe miró alrededor cuando se quedó sola. Aquello se parecía tanto a lo que ocurrió seis años antes... pero entonces se había dejado manipular, ahora no lo haría. Ella no quería el dinero de Anders; no había querido nada de él cuando estaban juntos y no lo quería ahora. Firmaría el maldito papel y volvería a su casa.

Cuando oyó que se abría la puerta tragó saliva, temiendo volverse para ver a la persona que acababa de entrar.

Porque en ese momento supo, como lo había sabido cuando oyó los golpes en la puerta de su casa, que su vida estaba a punto de cambiar para siempre.

Y porque sabía por el frío que sentía en el corazón que quien la esperaba no era un simple funcionario. Phoebe sabía, incluso antes de volverse, a quién habían enviado a Nueva York para lidiar con ella, un inconveniente, un estorbo otra vez.

Se volvió despacio, con el corazón latiendo a toda velocidad, rezando para estar equivocada, para que después de todos esos años no fuera él...

Pero era él.

En la puerta, con una sonrisa irónica en los labios y esos ojos helados que Phoebe recordaba tan bien, estaba Leo Christensen.

Capítulo 3

¿QUÉ...? –la exclamación escapó de sus labios sin que pudiera evitarlo–. ¿Qué está haciendo aquí? –le preguntó luego, haciendo un esfuerzo para calmarse.

Leo arqueó una ceja y dio un paso adelante, cerrando la puerta tras él.

–¿No es éste el consulado de Amarnes?

–Entonces supongo que lo que debo preguntar es qué hago yo aquí.

–Ésa sí es una pregunta interesante –murmuró Leo, con esa voz fría y, a la vez, tan seductora.

No había cambiado nada, pensó Phoebe. Los mismos ojos de color ámbar que parecían burlarse de ella, la misma seguridad en sí mismo y ese algo tan sensual, incluso vestido con un traje de chaqueta oscuro.

–¿Cómo ha llegado aquí? He visto el funeral en televisión, en París.

–El funeral ha sido esta mañana. Y luego he tomado un avión para venir aquí.

–¿Tan importante soy?

–No –contestó Leo, acercándose a una mesa con copas y decantadores de cristal–. ¿Puedo ofrecerle una copa? ¿Jerez, coñac?

—No quiero una copa —respondió ella—. Quiero saber por qué estoy aquí y luego irme a casa.

—A casa —repitió Leo, sirviéndose una copa de coñac—. ¿Y dónde está su casa exactamente?

—Mi apartamento...

—Un apartamento de un solo dormitorio en un edificio de segunda categoría...

—No recuerdo haber pedido su opinión al respecto —lo interrumpió Phoebe, negándose a dejarse insultar—. Además, pensé que había venido a firmar algún papel...

—¿Un papel? —repitió Leo—. ¿Qué clase de papel?

—No lo sé, yo no he venido aquí por voluntad propia. Unos señores han ido a buscarme a casa —dijo ella, con los dientes apretados—. Pensé que tendría que firmar un papel renunciando a las posesiones de Anders.

—¿Anders tenía posesiones?

—Nunca pareció tener problemas de dinero.

—Ah, sí, gastaba mucho dinero, pero no era suyo sino de su padre, el rey Nicholas —Leo tomó un sorbo de coñac—. En realidad, Anders no tenía un céntimo a su nombre. Estaba en la ruina.

—Ya entiendo —murmuró Phoebe. Aunque no era verdad, no lo entendía. Si Anders no tenía dinero, ¿qué hacía ella allí?

—No sé si lo entiende —murmuró Leo.

—¿Qué quieren de mí, que firme un papel prometiendo no contar mi historia a la prensa?

—¿Sus memorias serían... comprometedoras?

Phoebe se puso furiosa. Furiosa y asustada... y ésa no era una buena combinación.

–Dígame de una vez qué estoy haciendo aquí... *Excelencia*.

–En realidad, mi título ahora es el de Alteza. Desde que Anders abdicó, yo soy el heredero al trono.

Phoebe se quedó perpleja. No sabía que Leo fuese el heredero al trono de Amarnes. Claro que no había nadie más... Anders y Leo eran hijos únicos, por eso habían sido criados como hermanos.

Por segunda vez, recordó el mito de Hod y Baldur. Gemelos, uno moreno, el otro rubio. Uno bueno, el otro malo. Salvo que ahora sabía qué clase de persona había sido Anders de verdad y nadie podría decir que había sido bueno. Tampoco malo, sólo egoísta, superficial, egocéntrico.

–¿Qué quiere de mí? Prefiero que me lo diga claramente para poder irme a casa. Mi hijo está esperando y es la hora de su cena.

Valientes palabras, aunque ella no se sentía muy valiente en aquel momento. Cuanto más tiempo permanecía en compañía de Leo, soportando el peso de su silencio, más sentía que estaba poniéndola a prueba.

–No quiero nada de usted en particular –replicó Leo, con frialdad–. Pero mi tío, el rey Nicholas, ha sufrido mucho por culpa de Anders.

–Sí, claro –murmuró Phoebe, mirando hacia la ventana. Se había hecho de noche y cada vez estaba más inquieta–. Pero yo tengo que irme y quiero ver a mi hijo.

–El niño está arriba, con Nora, pero le pediré que lo traiga en cuanto hayamos terminado de hablar.

—Mire, yo comprendo el sufrimiento del rey, pero el pasado es el pasado y no se puede cambiar. Y, francamente, nada de esto tiene que ver conmigo.

—¿Está segura?

Phoebe tragó saliva. Esas dos palabras, pronunciadas con su típica frialdad, habían sido como un jarro de agua fría. De repente, deseaba no haber ido al consulado. Casi deseaba no haber conocido nunca a Anders.

—Estoy segura –le dijo, sin embargo–. Supongo que sabrá que Anders y yo llevábamos mucho tiempo sin vernos. Nos separamos un mes después de casarnos y prácticamente nos divorciamos...

—¿Prácticamente? –la interrumpió Leo–. ¿Pidieron el divorcio oficialmente o no?

Un inexplicable temor se instaló en la boca de su estómago.

—No, pero...

¿Qué podía decir?

—¿Pero qué? ¿No quiso cortar del todo con él? ¿No quiso alejarse del todo de un hombre como Anders? –Leo dio un paso adelante y Phoebe descubrió que no podía moverse. Estaba como hipnotizada por el brillo de sus ojos, por esa profunda emoción que había intuido en él cuando lo conoció. Ahora estaba tan cerca como entonces, cuando acarició su garganta con un dedo–. ¿Esperabas que volviese contigo, Phoebe?

Ella parpadeó varias veces, obligándose a reaccionar. Ese comentario estaba tan lejos de la verdad... y sin embargo, la verdad era algo que no quería contarle.

–No, desde luego que no. Y que Anders y yo nos divorciásemos o dejásemos de hacerlo no es asunto suyo.

–En realidad, sí lo es –dijo Leo.

–No fue asunto de nadie que nos casáramos –le recordó ella, clavándose las uñas en las palmas de las manos– así que no veo por qué lo sería el divorcio. Y ya estoy cansada de este juego, *Alteza*. Puede que a usted le divierta, pero yo tengo otras cosas que hacer. No tengo nada más que decirle ni a usted ni a nadie de Amarnes...

–Phoebe...

–¡Yo no le he dado permiso para tutearme!

Leo echó hacia atrás la cabeza, casi como si lo hubiera abofeteado.

–Pero somos parientes... o casi.

–No somos parientes en absoluto, *Alteza*.

–Pero eso –dijo Leo entonces, dejando su copa sobre la mesa– está a punto de cambiar.

Estaba intentando asustarla, pensó, pero no iba a dejar que lo hiciera. Podía ser un príncipe y tener todo el dinero del mundo, pero ella tenía a su hijo, sus recuerdos y la fuerza que le daba haber salido adelante sola durante esos seis años. Y no dejaría que aquel hombre le arrebatase nada de eso.

–¿Por qué no lo dices claramente en lugar de intentar asustarme, *Leo*? Porque te advierto que no está funcionando. ¿Para qué me has traído aquí?

–Era el deseo del rey –contestó él.

–¿Por qué?

–El rey Nicholas lamenta mucho haberse alejado

de Anders. Supongo que siempre fue así, pero no se ha dado cuenta hasta que lo ha perdido del todo.

Estaba sonriendo y Phoebe se preguntó qué clase de hombre sonreía mientras hablaba del dolor de un padre. Pero sabía la respuesta: un hombre como Leo Christensen.

–Como te he dicho antes, todo eso no tiene nada que ver conmigo.

–Tal vez contigo no, pero sí con tu hijo –Leo hizo una pausa, dejando que la frase pesara con toda su gravedad–. El nieto del rey.

Phoebe no dijo nada. No se le ocurría nada que decir, de modo que se volvió hacia la ventana como si allí pudiera encontrar las respuestas que buscaba. Pero sólo veía un borrón. Al principio pensó que había empezado a llover... luego se dio cuenta de que tenía los ojos llenos de lágrimas.

Pero respiró profundamente, dándose valor. Lo último que deseaba era que Leo la viese llorar porque estaba segura de que usaría esa debilidad contra ella.

Y, sin embargo, no estaba sorprendida del todo. La familia real de Amarnes no iba a dejarla en paz; no iban a dejar a Christian en paz. No habían mostrado el menor interés por el niño mientras Anders vivía, pero ahora que había muerto...

Su hijo era todo lo que les quedaba de él. Pero era *su* hijo, de nadie más.

Iba a darse la vuelta para decírselo pero, de repente, Leo estaba allí, a su lado, como una sombra. Fue una inesperada sorpresa, como la mano que puso sobre su hombro, el calor de sus dedos traspasando la tela del abrigo.

–Lo siento.

Esa frase era lo último que Phoebe había esperado escuchar. O la compasión que había en su voz.

Pero no podía confiar en él y no iba a hacerlo. Había confiado en Anders, pero no confiaría en su primo. Y, sobre todo, no iba a confiar en sí misma. Porque en aquel momento quería creer que Leo lo lamentaba de verdad, quería creer que podía ser un amigo.

La idea era tan risible como ofensiva. Phoebe se volvió, apartando la mano de su hombro.

–¿Qué es lo que sientes, Leo? ¿Haberme traído aquí, disgustar a mi hijo? ¿Haber pensado que tenías algún poder sobre mí sólo porque seas el príncipe de un país situado a miles de kilómetros de Nueva York?

Él se encogió de hombros, aunque parecía un poco sorprendido por su valiente reacción.

–Nada de eso. He dicho que lo siento porque está claro que quisiste a Anders.

Había tal sinceridad en su voz que Phoebe asintió con la cabeza, aceptando el pésame.

–Gracias, pero el amor que sentía por Anders acabó hace seis años. Siento mucho que muriese de manera tan trágica, pero... lo que hubo entre él y yo quedó en el pasado. Yo he rehecho mi vida con Christian y el rey de Amarnes no se ha puesto en contacto con nosotros ni una sola vez en estos seis años. ¿Qué pensaría mi hijo si supiera que tiene un abuelo que jamás se ha preocupado por él?

–Imagino que se sentiría contento de tener una familia.

—Ya tiene una familia, la mía.

—Me refiero a la familia de su padre. Pero tú no le has hablado de Anders, ¿verdad? Ni siquiera sabe que su padre era un príncipe.

—No, no lo sabe –contestó Phoebe–. ¿Por qué iba a decírselo? ¿Para qué? Anders abdicó del trono porque no tenía la menor intención de ser rey. Y tampoco tenía la menor intención de ser padre, lamentablemente. Pero Christian me tiene a mí y tiene a mi madre, que es una abuela maravillosa. No le falta de nada.

—¿De verdad? –murmuró Leo, arqueando una ceja.

—No hay que tener un Rolls Royce y una mansión para ser feliz. Y Christian es un niño feliz.

—Es el hijo de un príncipe, el nieto de un rey –le recordó él–. ¿Y tú crees que no debe saberlo?

—Ninguno de vosotros se ha preocupado nunca por él –le recordó Phoebe.

—Porque nadie sabía nada sobre Christian. Cuando descubrimos su existencia, tú ya te habías separado de Anders... o él se separó de ti. En cualquier caso, desapareciste de su vida y la familia real no tenía interés en ti... hasta que descubrimos que habías tenido un hijo. ¿Cuántos años tiene, Phoebe, cinco, seis?

—Cinco –contestó ella. No le dijo que estaba a punto de cumplir los seis. No tenía intención de contarle la verdad.

—Debiste quedar embarazada enseguida. ¿O eso ocurrió después de que rompieras con Anders? ¿Cuánto tiempo estuvisteis juntos, unas semanas?

–Más de un mes –contestó ella–. Pero cuándo quedase embarazada no es asunto tuyo.

–¿Qué pasó, Phoebe? –le preguntó Leo, su voz tan dulce como una caricia–. ¿Anders te dijo que lo sentía, como hacía siempre? ¿Te pidió perdón para que volvieras con él por una noche?

–Te lo repito: no es asunto tuyo.

Lo último que deseaba era que Leo supiera la verdad sobre la concepción de Christian. Era mejor dejarlo creer que Anders y ella habían hecho las paces durante unos días. La idea le resultaba repelente, pero también lo era la alternativa, que supiera la verdad.

–Tal vez, pero Christian sí es asunto mío o al menos de mi tío, el rey.

–No lo es.

–Sí lo es –insistió él–. Y me temo que no hay nada que puedas hacer al respecto.

Phoebe tuvo que agarrarse a la mesa. No estaba preparada para aquello. No tenía fuerzas para un segundo asalto con Leo.

–Quiero ver a Christian –le dijo, alegrándose de que su voz sonara firme–. A solas. Y luego podremos seguir con esta conversación.

Algo brilló en los ojos de Leo, algo casi como admiración o al menos respeto.

–Muy bien –asintió, presionando un botón. Unos segundos después apareció un funcionario con el que habló en voz baja–. Sven te llevará arriba. Cuando hayas comprobado que Christian se encuentra bien, seguiremos hablando.

Phoebe asintió. Pero antes de salir vio que Leo se

había dado la vuelta y estaba sirviéndose otra copa, mirando hacia la ventana como si también él estuviera buscando repuestas en la oscuridad.

La puerta se cerró suavemente y Leo tomó un trago de coñac, el alcohol quemando su garganta. Necesitaba esa sensación, sedarse para no sentir. Para no recordar.
Para no lamentar.
Anders había muerto y eso era suficiente para condenarlo. Muerto. Una vida perdida tontamente... y ni una sola vez Leo había intentado controlarlo, enseñarle a portarse como debía. No, ése no había sido su trabajo. Su trabajo, pensó con amargura, había sido apartarse de su camino, estar a mano por si acaso y, por supuesto, mantener a Anders contento, entretenido.
Incluso ahora recordaba los constantes rechazos. «No te metas en eso, Leo. Cállate y haz lo que se te dice. No enfades al rey».
Los ruegos de su madre, los intentos desesperados por congraciarse con una familia que la había apartado a un lado en cuanto se quedó viuda. Su madre no había querido lo mismo para Leo...
De modo que su destino, su deber, había sido convertirse en la sombra de Anders. Había acompañado a su primo en sus escapadas, en sus juergas, y lo había pasado bien...
Pero ahora esos días habían terminado y su deber estaba en otra parte.

Leo se volvió, impaciente consigo mismo. Sentía admiración por Phoebe Wells, una mujer a la que no había podido comprar seis años antes y que seguía mostrándose firme a pesar de que la muerte de Anders pudiese afectar a su vida.

Muchas veces se preguntaba si algún día se verían libres de Anders, de los desastres que había organizado, de la gente a la que había decepcionado.

Phoebe y su hijo eran otro problema que él debía solucionar.

Leo cerró los ojos. Sabía lo que tenía que hacer, el rey había sido del todo claro: «trae al niño, deshazte de la mujer».

Tan sencillo, tan frío, tan traicionero.

Pero dudaba del éxito de ese plan. Phoebe era una mujer de carácter y una oferta de dinero la enfurecería, como ya había ocurrido seis años antes. Haría falta una táctica más sutil, un engaño más sofisticado hasta que decidiera qué iba a hacer con ella.

Leo sintió un cosquilleo al recordar cómo había respondido al más mínimo roce... su deseo era transparente. Y él lo sentía también, un deseo profundo, crudo...

Pero apartó ese pensamiento de su cabeza. No podía permitirse desear a Phoebe Wells. Ella era un problema que debía resolver, un inconveniente, como lo había sido seis años antes. Pero incluso ahora recordaba cada palabra de aquella conversación, podía sentir la piel de seda bajo sus dedos...

No.

Leo irguió los hombros, tomando el resto del coñac de un trago. Y, mientras las primeras estrellas empezaban a asomar en el cielo, consideró cuál debía ser el siguiente paso.

Capítulo 4

PHOEBE siguió a Sven por la escalera de mármol. Todo estaba en silencio en aquella zona del consulado, tanto que podía oír los latidos de su propio corazón.

Al llegar al final de la escalera, el hombre la llevó por un pasillo y se detuvo frente a una puerta.

−¡Mami! −Christian se levantó de la alfombra en la que estaba jugando con unos Lego.

−¿Lo estás pasando bien, cariño? −murmuró ella, abrazándolo con todas sus fuerzas, cuando lo que quería era tomarlo en brazos para sacarlo del consulado y alejarlo de la familia real de Amarnes, con todo su poder y su arrogancia.

−Sí −admitió Christian.

Mirando alrededor, Phoebe comprobó que tenía todo lo que un niño podía necesitar para pasarlo bien: una televisión de pantalla plana, juguetes y un montón de películas infantiles en dvd.

−¿Podemos irnos? Tengo hambre.

−Puedes cenar aquí −sugirió Phoebe−. Seguro que te dejarán pedir lo que quieras. Puedes pedir esa pizza que querías −añadió, mirando a la mujer que lo acompañaba.

—Sí, por supuesto —asintió ella.

—Pero yo quiero irme ahora...

También ella quería irse, pensó Phoebe.

—Pronto, te lo prometo. ¿Por qué no ves una película?

—No quiero ver una película —protestó Christian.

Y ella, suspirando, se puso en cuclillas para mirarlo a los ojos.

—Cariño, lo siento, pero tenemos que quedarnos un ratito más. Tengo que hablar con el príncipe Leopold...

—¿Un príncipe? —preguntó el niño—. ¿Como el de la televisión, el que se murió?

Phoebe maldijo por primera vez la astucia y la rapidez mental de su hijo.

—Sí, algo así. Un príncipe que tiene una televisión enorme —le dijo, intentando distraerlo—. Volveré enseguida, ya verás.

—Bueno —asintió el niño, a regañadientes.

Phoebe se incorporó, preparándose para otro asalto con Leo. Sin embargo, lo único que podía recordar de su conversación era esa mirada de compasión y cómo sus dedos la habían quemado por encima del abrigo.

Sven volvió a acompañarla al piso de abajo, pero en lugar de ir al salón en el que se había reunido con Leo la llevó a una salita pequeña.

—¿Qué significa esto?

—¿No te apetece cenar? —sonrió Leo.

La habitación estaba suavemente iluminada y había una mesa para dos frente a la chimenea encendida, con un mantel de damasco, cubertería de plata y copas de cristal. El rostro de Leo, al otro lado de la habitación, estaba en sombras...

Aquello parecía una escena de seducción. Y él tenía un aspecto demasiado sensual. Porque no se podía negar que Leo Christensen era un hombre sensual.

Se había quitado la chaqueta y desabrochado dos botones de la camisa y la mirada de Phoebe, como había ocurrido seis años antes, se deslizó hasta la columna de su cuello.

–No tengo apetito –consiguió decir.

–¿De verdad? –murmuró él.

Y Phoebe se puso colorada. No sólo de deseo sino de vergüenza porque algo en Leo invocaba en ella una respuesta que detestaba.

Deseo.

Lo sentía entre ellos; adormilado, seductor y demasiado poderoso. No, no era deseo, se corrigió a sí misma, era una especie de extraña fascinación. Era como un niño fascinado por el fuego, deseando tocar las llamas, tan prohibidas y peligrosas. No significaba nada. Ni siquiera le gustaba Leo. ¿Cómo iba a gustarle aquel hombre?

Mientras recordase eso y mantuviera las manos lejos de las llamas, no pasaría nada.

Pero ahora la fuente de calor caminaba hacia ella con una copa de vino en la mano. Y Phoebe la aceptó, sin saber qué hacer.

–Te has esforzado mucho –le dijo.

–Debo admitir que no he hecho más que dar algunas órdenes, pero he pensado que hablaríamos más cómodamente mientras comemos algo.

–¿Ah, sí? –Phoebe, nerviosa, tomó un sorbo de vino. Sin darse cuenta, deslizó la mirada por sus largas piernas, las estrechas y masculinas caderas y los anchos hombros, quedándose por fin en sus labios...

Aquello era ridículo. Y peligroso.

–Sí, así es –dijo Leo, con un brillo burlón en los ojos.

Phoebe dejó la copa sobre la mesa y, al hacerlo, vio que tenía el emblema de la casa real de Amarnes. Y recordó lo que eso significaba.

–Pues agradezco mucho tus esfuerzos, pero será mejor que terminemos con nuestra conversación de una vez porque tengo que volver a casa.

–Sí, lo sé. Pero me temo que no va a ser tan sencillo. Y yo he tenido que cruzar el Atlántico hace unas horas, así que estoy muerto de hambre. Siéntate, por favor.

Leo empezó a levantar las tapas de varias bandejas y el delicioso aroma que salía de ellas hizo que el estómago de Phoebe protestase.

–No hay ninguna razón para negarse a comer, ¿no te parece?

–Yo no...

–¿No tienes hambre? Pero si puedo oír tu estómago desde aquí –sonrió Leo–. Y si te preocupa Christian, creo que Nora va a pedir una pizza...

A pesar de su irritación, Phoebe agradeció esa consideración hacia el niño. Era un detalle pequeño, casi irrelevante, y sin embargo...

–Gracias –murmuró, a regañadientes–. A mi hijo le encanta la pizza.

–Ven –dijo él, apartando una silla.

Phoebe estuvo a punto de resistir, sencillamente para no darle la razón. No quería ser seducida por Leo. Estaba jugando con ella al gato y al ratón porque se daba cuenta de ese *algo* que había entre ellos. Ese algo que Phoebe no podía controlar y que detestaba.

Lo había sentido entonces, seis años antes, cuando la tocó y lo sentía ahora.

–Muy bien –por fin, se sentó a la mesa y aceptó el plato que le ofrecía–. Y ahora puedes decirme de qué va todo esto.

–Por supuesto –Leo tomó un sorbo de vino–. Dime una cosa, ¿cuándo fue la última vez que viste a Anders?

–No creo que eso sea relevante.

–Siento curiosidad.

–Me da igual –replicó ella, probando la ternera bourguignon. Pero tenía el corazón acelerado y le temblaban un poco las manos... ¿por qué dejaba que Leo Christensen la afectase de esa forma?

–¿Anders conoció a su hijo?

–Digamos que no estaba interesado.

–Ya veo –a Phoebe no le gustó nada esa mirada de compasión. No quería ser compadecida, sólo quería que la dejasen en paz–. Muy bien, es muy sencillo –empezó a decir Leo entonces–. El rey Nicholas lamenta mucho haberse alejado de Anders. Hace seis años estaba furioso con él ya que, como probablemente sabrás, existía un matrimonio arreglado con una princesa europea cuando te conoció. Habría sido un matrimonio conveniente para todos.

–Evidentemente, Anders pensaba de otra forma.

—Tal vez –dijo él.

Y a Phoebe le molestó la ironía que había en su voz, aunque estaba en lo cierto. Anders había pensado de otra forma... durante un mes.

—Ya sé que el rey lamenta haber roto con Anders, pero sigo sin ver qué tiene eso que ver conmigo.

—No tiene que ver contigo sino con tu hijo –dijo él entonces–. El rey desea ver a su nieto.

Phoebe no dijo nada. Le horrorizaba que el rey de Amarnes quisiera ver a Christian, pero no la sorprendía. ¿No era eso lo que, en secreto, había temido siempre?

—En Amarnes –aclaró Leo entonces–. Y tú puedes acompañarlo, por supuesto.

—¡Pues claro que iría con él! –exclamó ella, indignada–. Eso si fuera a algún sitio, pero no vamos a ir.

—¿De verdad crees que puedes negarte?

—Es *mi* hijo.

—Y mi tío es el rey de un país pequeño, pero muy rico y con contactos en las más altas instancias, como te puedes imaginar. Ningún tribunal en el mundo te daría la razón a ti...

—¿Un tribunal? –Phoebe, angustiada, pensó en batallas legales, en juicios que ella no podría pagar–. ¿Tu tío piensa llevarme a los tribunales?

Leo se encogió de hombros.

—Si no permites que vea al niño...

—¿Y por qué voy a permitírselo cuando no se ha interesado nunca por él? –lo interrumpió ella, levantándose de la mesa.

Leo se levantó también para poner una mano sobre su hombro y, durante un segundo, Phoebe quiso apoyarse en él, poner la cabeza en su hombro para encontrar allí algo de consuelo.

¿En Leo? Estaba loca si pensaba que podría encontrar algún consuelo en ese hombre.

–Lo siento –dijo él–, pero las cosas son como son y tú no puedes cambiarlas. Míralo como unas vacaciones en Amarnes. Podrías pasarlo bien.

Phoebe se dio la vuelta, furiosa.

–Durante seis años tu familia nos ha ignorado completamente y ahora, de repente, quieren algo de mí y yo tengo que obedecer...

–Esencialmente, es así –dijo Leo. Pero en su voz notó de nuevo esa traza de compasión y Phoebe se agarró a ella como a un clavo ardiendo.

–Leo, escúchame. No tiene sentido apartar a Christian de su mundo, el único mundo que conoce. ¿Y para qué? No es justo ni para Christian ni para mí.

Leo vaciló y, durante una décima de segundo, Phoebe pensó que existía alguna posibilidad.

–Lo siento, pero yo no puedo hacer nada. Sólo serán dos semanas.

Dos semanas. Dos semanas en Amarnes, enfrentándose a la familia real, reviviendo aquel triste episodio de su vida. ¿Y terminaría allí? ¿Se sentiría satisfecho el rey Nicholas?

–¿Sólo quince días? –le preguntó–. ¿Volveremos a casa y el rey no volverá a molestarnos? ¿De verdad esperas que crea eso?

–Tal vez sea así. No lo sé.

–¿Y esperas que eso me tranquilice? ¡Seguro que

a Christian le hará mucha ilusión conocer a su abuelo y ser descartado luego como si fuera una basura!

–Te estás poniendo melodramática. Estamos hablando de un viaje de quince días a un país precioso... unas vacaciones para ti y para tu hijo –suspiró Leo–. Además, pareces cansada y creo que te vendría bien relajarte un poco.

–No creo que vaya a relajarme en...

–Podrías intentarlo –la interrumpió él–. Así el viaje sería más placentero para ti.

Hablaba con impaciencia, como si no estuviera dispuesto a seguir discutiendo, y Phoebe supo que su destino y el destino de Christian estaban sellados.

Ella no podía enfrentarse a una familia real en los tribunales, ni a los paparazzi y los periódicos sensacionalistas que se lanzarían sobre su pequeña familia como buitres.

–¿Por qué no comes algo? –insistió Leo, volviendo a sentarse.

–No, ya no tengo apetito.

–Como quieras. Pero que no te guste la situación no significa que no puedas disfrutarla.

Phoebe miró la suntuosa habitación, la chimenea encendida... y pensó en las cosas que Anders le había contado de su primo años atrás, preguntándose cuántas cenas como aquélla habría disfrutado con modelos y aspirantes a actrices.

–Como las disfrutas tú, imagino.

–Por supuesto.

Ella respiró profundamente, intentando calmarse. Leo tenía razón; aunque no le gustase nada aquello tendría que aceptarlo. Porque no quería ni pensar en los problemas que su negativa podría crear en la vida de su hijo.

Decidida, volvió a la mesa y empezó a comer. Y cuando terminaron se echó hacia atrás en la silla.

—Bueno, ¿qué ha pasado en Amarnes durante estos seis años?

—Más de lo mismo. En esos países tan pequeños no pasan muchas cosas.

—Supongo que la abdicación de Anders sería una gran noticia.

—Más o menos.

—Y te convirtió a ti en rey.

—En heredero —la corrigió él—. El rey Nicholas sigue vivo, que yo sepa.

—El príncipe play boy se convertirá en el rey play boy —murmuró Phoebe—. Tu reputación es bien conocida. Al menos lo era cuando...

—Sí, lo sé —la interrumpió él—. Aunque en ese sentido supongo que han cambiado muchas cosas.

Phoebe lo miró con curiosidad. ¿Estaba intentando decirle que había cambiado? Parecía el mismo y, sin embargo, había cambios en él, era cierto. Llevaba el pelo más corto y tenía canas en las sienes. Y aunque la había tratado con la misma arrogancia que seis años antes, Phoebe notaba algo nuevo, más maduro en él. ¿O sería su imaginación?

Claro que ella no conocía a Leo Christensen. Lo había visto durante diez minutos y había leído noticias sobre él en los periódicos sensacionalistas. Y ahora, de repente, empezaba a preguntarse qué clase de hombre era. Qué clase de hombre había sido y, sobre todo, en qué modo había cambiado.

–¿Qué has estado haciendo estos años? –le preguntó.

–Un poco de todo.

–Ésa no es una respuesta.

–Supongo que una respuesta más específica te aburriría. ¿De verdad quieres conocer los monótonos detalles de la vida en la Corte?

–¿Ya no eres un play boy?

La sonrisa de Leo hizo que sintiera escalofríos.

–Ya sabes lo que dicen, la gente no cambia nunca.

–¿Entonces no has cambiado?

–Juzga por ti misma –dijo él, encogiéndose de hombros–. Pero ya hemos hablado suficiente sobre mi aburrida y sórdida vida.

–¿Algo puede ser sórdido y aburrido a la vez?

–Desde luego que sí. Pero ya hemos hablado de mí más que suficiente. Quiero que me hables de tu vida... aunque ya sé algunas cosas.

–¿Cómo lo sabes?

–Phoebe, yo siempre hago mis deberes.

–¿Me has estado investigando?

–Por supuesto. Así fue como descubrí la existencia de Christian. Me temo que cuando Anders murió, dejó muchas cosas sin resolver. Tú eres una de ellas.

–Y ahora, de nuevo, soy un inconveniente.

–Pero uno muy interesante –dijo él–. He descubierto que tienes tu propio negocio de diseño de joyas.

Phoebe asintió, orgullosa de lo que había conseguido.

–Tengo una pequeña boutique en St. Mark's Place, es verdad.

—Has conseguido triunfar en la vida.
—¿A pesar de mi apartamento de una sola habitación en un edificio de segunda categoría?

Leo sonrió.

—Supongo que es un apartamento... adecuado –dijo luego.

Y Phoebe tuvo que disimular una sonrisa. Era increíble estar allí, hablando con Leo Christensen casi como si fueran amigos.

Y se dio cuenta entonces de que le gustaría que fuera así. Porque a pesar de estar contenta con su vida, en ella no había habido un hombre en mucho tiempo. Un compañero. Teniendo que criar un hijo y llevar un negocio, no había tenido tiempo para conocer a nadie. Tal vez porque su desastroso matrimonio de un mes con Anders la había hecho desconfiar de los hombres.

Leo alargó la mano para tocar su colgante, un ágata engarzada en un cordón de oro. Pero al hacerlo rozó su garganta con los dedos y Phoebe tuvo que tragar saliva.

—¿Lo has hecho tú?
—Sí.
—Es precioso... y original. Entiendo que tu negocio vaya bien.

Seguía tocándola y Phoebe sabía que debería apartarse o pedirle que apartase la mano, pero no podía hacerlo. Estaba disfrutando demasiado del roce de sus dedos sobre su piel.

¿Por qué se sentía tan débil con aquel hombre?

Leo la miró a los ojos y un segundo después, con desgana, apartó la mano.

—¿Cómo empezaste con el asunto de la joyería?
—Mi madre es ceramista, de modo que el arte siempre ha formado parte de mi vida. En verano solíamos ir a Long Island y yo solía recoger piedras y caracolas para hacer collares y pulseras... en fin, cosas de niña —Phoebe se encogió de hombros—. Pero así es como empezó mi interés por la joyería.
—Imagino que no será barato alquilar un local en pleno Manhattan.
—No, desde luego que no. Y los apartamentos tampoco son baratos.
—*Touché* —sonrió él, sus ojos de color ámbar volviéndose más claros entonces—. No vas a olvidar ese comentario, ¿verdad?
—No, no lo creo —tuvo que sonreír Phoebe.
Cuando un empleado del consulado pidió permiso para recoger la mesa Phoebe pensó que debía irse. Sin embargo, no lo hizo. Quería quedarse allí, con Leo, escuchando el crepitar de los troncos en la chimenea, viendo la cálida sonrisa de Leo Christensen, tan nueva para ella.
Cerró los ojos un momento, angustiada. Desear a Leo era absurdo, peligroso. No podía permitírselo en aquella situación.
Tenía que pensar en lo que era mejor para Christian, eso era lo único importante.
Pero en alguna parte del consulado un reloj dio las nueve y, por fin, se levantó.
—Tengo que irme. Es muy tarde y podemos seguir con esta conversación en otro momento...
—No, me temo que no —dijo Leo, y su tono era sinceramente pesaroso—. El rey no se encuentra bien

de salud y quiere ver a Christian lo antes posible. Tenemos que irnos a Amarnes mañana mismo...

—¿Qué? —exclamó Phoebe—. No, eso es imposible. Christian tiene que ir al colegio y yo tengo mi trabajo... además, el niño ni siquiera tiene pasaporte.

—Eso no es un problema. Viajaremos en el jet privado de la Casa Real y el consulado puede solucionar el asunto del pasaporte ahora mismo. Al fin y al cabo, Christian es miembro de la familia real.

Miembro de la familia real. Phoebe no estaba preparada para procesar esa información.

—¿Y mi trabajo?

—Como tú eres la propietaria, tampoco creo que sea un problema. Sólo serán quince días.

—Tengo clientes a los que atender...

—¿Y no pueden esperar dos semanas? —Leo levantó una ceja.

—¡Pues claro que no pueden esperar! ¿Qué clase de negocio cierra durante quince días un mes antes de Navidad?

—¿No tienes un ayudante, alguien que pueda hacer tu trabajo?

—Pero...

—Si no es así, contrata a alguien de confianza. El gobierno de Amarnes pagará su sueldo.

—Tengo una ayudante, pero sólo trabaja a tiempo parcial y no puedo pedirle...

—Sí puedes pedírselo, Phoebe.

Ella tuvo que morderse los labios. Sabía que no tendría sentido discutir porque dijera lo que dijera, Leo le recordaría una y otra vez el poder de la familia real de Amarnes.

De modo que la había vencido... por el momento.

—Muy bien —asintió por fin—, pero después de quince días volveré a Nueva York con Christian y a partir de ese momento no quiero saber nada de vosotros.

Sus palabras sonaban petulantes y un poco desesperadas, lo sabía. ¿Podría garantizarle a Christian tal cosa?

Leo la miró, inclinando a un lado la cabeza, y de nuevo le pareció ver un brillo de compasión en sus ojos.

—Sí, claro —dijo, sin expresión— por supuesto que sí.

La chimenea se había apagado y la luna estaba en lo más alto del cielo mientras Leo se servía otra copa de coñac. Phoebe se había marchado con Christian horas antes y ahora la imaginaba metiendo al niño en la cama, sentándose sola en el sofá de su apartamento mientras contemplaba los cambios en su incierto futuro.

Y ella no sabía lo incierto que era.

El rey Nicholas no había querido que Phoebe fuese a Amarnes, sólo quería ver a su nieto. Pero Leo se había dado cuenta de que separar a la madre del niño sería una tarea imposible.

Y él sabía algo de eso, pensó, recordando que su madre tuvo que volver a su país de origen, Italia, mientras él, a los seis años, la miraba silenciosamente desde la ventana de su habitación, intentando no llorar.

Desde ese momento había consagrado su vida a servir a la corona... para no llevarla nunca. Durante seis años se le había considerado el heredero del trono de Amarnes, para furia de Nicholas. Leo sabía que su tío preferiría que la monarquía se hundiera antes que tenerlo a él como sucesor. Y, por eso, durante los últimos seis años, había hecho lo imposible por demostrarle a su tío y a la gente de Amarnes que merecía la corona.

«¿Has cambiado?».

Phoebe no lo creía. Seguía viéndolo como un cínico play boy, igual que Anders. Y tal vez lo era. El antiguo y familiar sentimiento de culpa se lo comía por dentro cada vez que pensaba en ello.

«Tú no mereces ser rey».

Había oído esa frase muchas veces, pero lo sería, lo mereciera o no. Era el heredero de su tío y nada podría cambiar eso. La abdicación de Anders lo había colocado en aquel puesto y seguiría sirviendo a su soberano y a su país, haciendo lo que se le pedía... significase lo que significase para Phoebe.

Después de tomar el coñac, se levantó de la silla. No quería pensar en los sentimientos de Phoebe, pero durante un momento recordó el brillo de sus ojos grises, en su cuerpo temblando de deseo.

Y también él había sentido ese deseo como una corriente eléctrica desde el brazo al corazón. Seguía sintiéndolo ahora, pero sabía que debía olvidarlo. Seducir a Phoebe no era parte de su plan. No podía serlo.

¿Pero cuál era su plan? Los llevaría a Amarnes, aunque Nicholas se pondría furioso. Tal vez el viejo se cansaría y los dejaría ir, como Phoebe esperaba, pero lo dudaba. ¿Y qué haría Phoebe entonces?

Leo se pasó una mano por la cara, cansado. Aún no tenía respuestas, pero al menos había cumplido con su obligación. Él siempre cumplía con su obligación. Iba a llevar al chico a Amarnes y Phoebe, al menos por el momento, no estaba siendo un obstáculo. El resto, decidió, tendría que esperar.

Capítulo 5

UN PÁLIDO rayo de sol se colaba por las cortinas del dormitorio de Phoebe mientras se levantaba de la cama. Sólo había podido disfrutar de un segundo de paz al despertar porque enseguida recordó los acontecimientos de la noche anterior.

Leo.

Leo estaba allí, en Nueva York, e iría a buscarlos esa misma mañana para llevarlos a Amarnes. Suspirando, asomó la cabeza en el dormitorio de Christian y lo encontró profundamente dormido.

Su niño...

Le había contado que al día siguiente se irían de viaje, preparándose para un aluvión de preguntas, incluso de lágrimas. Sin embargo, el niño lo había aceptado sin ningún problema, como unas vacaciones.

Pero también había tenido que contárselo a su madre, Amelia. La había llamado cuando Christian se quedó dormido y su madre enseguida se dio cuenta de que ocurría algo.

—Dos agentes del gobierno de Amarnes han venido a buscarme esta tarde.

—¿Qué? —exclamó su madre, que lo sabía todo sobre su matrimonio con Anders y había estado esperándola cuando llegó a Nueva York, con el corazón roto y un niño de tres meses en los brazos–. ¿Para qué?

–Christian –contestó Phoebe.

–¿Ellos no saben...?

–No, no lo saben. Y no lo sabrán si puedo evitarlo.

–Oh, cariño...

Phoebe tuvo que hacer un esfuerzo para controlar las lágrimas. Estaba intentando hacerse la valiente, pero al notar la angustia en la voz de su madre le dieron ganas de contarle todos sus miedos.

¿Y si querían retenerlos en Amarnes? ¿Y si tenía que enfrentarse a una batalla legal por la custodia del niño con la familia real de Amarnes?

–Nos vamos mañana mismo.

–No puede ser...

–Durante dos semanas –le explicó–. Aparentemente, el rey quiere conocer a su nieto, pero luego volveremos a casa.

–Phoebe, no vayas. Cuando estés en Amarnes tendrás muy pocos recursos...

–No tengo más remedio, mamá. Es una familia real, tienen millones, contactos en todas partes. Y si presentaran una demanda de custodia...

–¿Tú crees que lo harían?

–Espero que no, pero... no lo sé. Si voy ahora es posible que eso no ocurra.

–Pero no lo sabes –dijo Amelia.

–No, no lo sé. ¿Pero qué puedo hacer?

–Yo tengo una amiga, una abogada...

–Mamá, la familia real de Amarnes tendrá los mejores abogados. Además, no quiero que Christian tenga que soportar un juicio de ese tipo. Y creo que debería conocer a su abuelo. Siempre he pensado que lo que hicieron con Anders era injusto y sería una hipócrita si yo hiciera lo mismo con ellos.

–Phoebe, esa gente no merecía simpatía alguna.

–Tal vez no –asintió ella–, pero eso no significa que yo deba ser como ellos.

Después de hablar con su madre llamó a su ayudante, Josie, que aceptó llevar la boutique durante dos semanas y le dijo que no debía preocuparse de nada.

¿Cómo no iba a preocuparse? Si se agarraba a la idea de que aquello sólo eran dos semanas de vacaciones podía permitirse el lujo de ser generosa con una gente que no lo había sido con ella...

Y Leo.

¿Tanta generosidad tendría algo que ver con su deseo de ver a Leo otra vez?, se preguntó.

Era un play boy, un réprobo, se dijo a sí misma, pero la realidad era que no lo conocía. Y ese viaje a Amarnes le daba una oportunidad de conocerlo.

Ahora, mientras salía el sol sobre el arco de Washington Square, Phoebe se preparó para el día que la esperaba. Había hecho las maletas por la noche y, vestida con un sencillo pantalón de lana gris y un jersey de color rosa, intentó mostrarse serena para despertar a Christian.

Las siguientes horas transcurrieron a toda prisa hasta que, por la ventana, vio una limusina con las ventanillas tintadas aparcando frente al portal. Pero se le puso el corazón en la garganta al ver a Leo, con un traje oscuro y un impermeable negro en la mano, saliendo del coche.

Leo miró el edificio, con sus viejos escalones de piedra. No era un edificio de lujo, pero tenía su encanto y estaba en una de las mejores zonas de Manhattan. Sonrió al pensar cómo había replicado Phoebe cuando criticó su casa... pero dejó de sonreír inmediatamente. No podía permitirse el lujo de pensar en ella, no podía dejar que le importase.

Leo pulsó el timbre del portero automático, inquieto. Sabía que aquello debía ser difícil para ella. ¿Cómo no iba a serlo? La familia real de Amarnes la había echado del país sin miramientos seis años antes y ahora querían recuperarla sin previo aviso.

La recordó entonces cómo era seis años antes, con su aspecto de universitaria, los vaqueros gastados, la camiseta... pero ahora era una mujer. Una mujer de pelo rizado, oscuro y una figura esbelta pero voluptuosa. Pensó en sus ojos grises desafiantes... llenos de un deseo que no podía reprimir cuando lo miraba.

Había estado allí por la noche, lo había sentido en el aire. Por supuesto no pensaba seducirla, aunque su cuerpo se lo suplicase. El sexo era una complicación que no se podía permitir. Lo de la noche anterior había sido simplemente una manera de ganarse su confianza, incluso su amistad.

Necesitaba que Phoebe fuera a Amarnes para cumplir con los deseos del rey... fueran los que fueran.

Phoebe llamó a Christian, que estaba correteando por el apartamento. No quería a Leo allí, llenándolo todo con su formidable presencia, pero se dio cuenta de que era imposible al oír sus pasos en el rellano. Y cuando llamó a la puerta Christian abrió antes de que ella pudiese detenerlo, aunque no hubiera servido más que para retrasar lo inevitable.

–Hola –Leo estaba en el descansillo con aspecto solemne, mirando a Christian–. Me llamo Leo y tú eres mi primo.

–¿Tengo un primo? –preguntó el niño.

Leo miró a Phoebe.

–Aún no hemos hablado del asunto –dijo ella.

–Bueno, entonces es una sorpresa –Leo se inclinó para mirar al niño a los ojos–. A mí me gustan las sorpresas, ¿y a ti?

–Sí, también –contestó Christian.

Sonriendo, Leo tocó la cabeza del enorme dinosaurio que sobresalía de su mochila.

–Vaya, no me gustaría encontrarme con este bicho en un callejón oscuro. Tiene muchos dientes, ¿no?

–Y hace ruido –el niño pulsó un botón y cuando el dinosaurio emitió un rugido Leo dio un paso atrás, poniendo cara de susto–. ¡Pero es de mentira!

–Ah, menos mal.

Phoebe sonrió, agradecida y asombrada de que Leo se mostrase tan juguetón. Claro que era un seductor, tanto con las mujeres como con los niños. Con todo el mundo, seguramente.

–Deberíamos irnos –dijo él entonces.

–Sí, claro.

–Vamos a ir en el jet real, Christian.

–¿En un jet de verdad? ¿De ésos como en las películas?

–Iremos en una limusina hasta el aeropuerto y luego tomaremos un jet para ir a Amarnes, que es una isla en Europa.

–Una isla...

–Lo vamos a pasar bien, hijo –dijo Phoebe.

Le temblaban las manos mientras le ponía el cinturón de seguridad al niño. Tal vez de miedo, tal vez porque Leo estaba sentado a su lado, tan cerca que le traspasaba el calor de su cuerpo.

–¿Quieres beber algo, Christian? Me parece que hay zumo de naranja en la nevera.

–¿Dónde está la nevera? –preguntó el niño.

–Aquí, mira... –Leo abrió una pequeña nevera que había bajo el asiento y Christian lanzó una exclamación.

–¡Mira, mamá!

En el aeropuerto los esperaba un jet reluciente con el emblema de las dos águilas gemelas.

–¡Qué bonito! –exclamó Christian, que parecía encantado con todo lo que veía.

Los sofás de piel, las mesas de caoba y las flores recién cortadas hacían que pareciese un elegante saloncito más que un avión. El niño miraba alrededor, entusiasmado, y eso asustó a Phoebe. Había temido que la familia real de Amarnes quisiera más de su hijo. ¿Pero y si era Christian quien quería más? ¿Cómo iba a competir ella con aquel lujo?

–Disfrútalo –murmuró Leo, como si hubiera leído sus pensamientos.

Ella decidió no contestar, ocupándose en sentar a Christian y ponerle el cinturón de seguridad. Pero pronto todos estuvieron sentados y el avión se elevaba en el grisáceo cielo de noviembre.

–Nunca había subido en un avión –dijo Christian.

–Entonces esto será una aventura para ti –sonrió Leo.

–Sí, claro –el niño miró a Phoebe. Ella sabía que, aparte de estar emocionado porque todo aquello era tan nuevo, Christian estaba desorientado. Y tendría que hablar con él, explicárselo...

¿Pero cómo iba a hacerlo? Ni siquiera ella sabía lo que iba a pasar o cuáles eran las pretensiones del rey. Y lo último que deseaba era hablarle de familiares que podrían rechazarlo.

«Dos semanas», se recordó a sí misma, con el corazón acelerado. «Dos semanas, dos semanas, dos semanas».

Las siguientes horas pasaron en silencio, salvo por las preguntas de Christian, que quería saber si había pizza en Amarnes, si había batidos de fresa...

Phoebe fingía leer un libro mientras Leo sacaba unos papeles y un bolígrafo de oro y se ponía a trabajar. ¿En qué estaría trabajando? ¿Qué clase de trabajo hacía un príncipe heredero?

–¿Qué estás haciendo? –le preguntó por fin, cuando Christian empezaba a quedarse dormido.

–Un proyecto personal. Cifras y presupuestos, un aburrimiento.

–¿Qué clase de proyecto?

–Un proyecto benéfico. Soy miembro del Patronato y estoy repasando las cifras.

–¿Pero qué clase de proyecto benéfico? –insistió ella.

–Un programa para refugiados políticos. Amarnes fue un país neutral durante la II Guerra Mundial y aceptamos a muchas personas que huían de la persecución alemana. Me gustaría que la tradición continuase.

–Ah, ya veo –murmuró Phoebe, sorprendida–. Me parece admirable.

Aquella nueva versión de Leo Christensen, un hombre involucrado en proyectos benéficos, no cuadraba en absoluto con lo que sabía de él.

¿De verdad habría cambiado tanto?

–Es fácil ser admirable cuando se tiene dinero para serlo –dijo él, irónico, guardando los papeles en el maletín–. Pero deberías dormir un rato. El jet lag puede ser brutal.

Y después de decir eso, apoyó la cabeza en el respaldo del asiento y cerró los ojos, como si se hubiera olvidado de ella.

Aunque tenía los ojos cerrados, no era capaz de dormir. Leo se sentía culpable cada vez que hablaba con Phoebe. Quería ganarse su confianza, mostrarle que estaba de su lado, pero sabía que estaba engañándola. Y no quería utilizarla, lo que quería era... protegerla.

Qué idea tan ridícula e inapropiada. La única razón por la que la llevaba a Amarnes era porque no había podido comprarla en Nueva York. Pero tarde o temprano encontraría la manera de librarse de ella.

«Como hicieron con tu madre».

Leo apretó los labios, intentando olvidarse de su conciencia, como había hecho durante sus años de play boy. Entonces no tenía conciencia porque le daba igual; nadie lo necesitaba para nada en Amarnes y podía hacer lo que quisiera.

Pero la abdicación de Anders lo había cambiado todo. Durante los últimos seis años había vivido como un monje, un santo, casto e industrioso. Se había ganado el respeto de su gente y seguiría poniendo a la corona y su país por encima de todo... incluso de Phoebe.

Haciendo un esfuerzo para relajarse, para olvidarse de la mujer que estaba sentada frente a él, con un brillo de angustia en los ojos, Leo por fin se quedó dormido.

Phoebe no podía conciliar el sueño. Christian estaba dormido con la cabeza apoyada en su dinosaurio y hasta Leo parecía haberse quedado adormilado. Pero ella no dejaba de hacerse preguntas. ¿Qué pasaría cuando llegasen a Amarnes? ¿Cómo los recibiría el rey? ¿Qué iba a hacer si el rey quería que Christian se quedase en el país?

Demasiadas preguntas y ninguna respuesta.

Phoebe miró a Leo entonces. Se había quitado la chaqueta y tenía las mangas de la camisa enrolladas, mostrando unos antebrazos fuertes, morenos, cubiertos de un fino vello oscuro. Sabía que debería apartar la mirada, que no debería querer mirarlo siquiera, pero no podía evitarlo: el pelo corto, los pómulos altos, los labios tan masculinos, esas pestañas ridículamente largas.

Luego bajó la mirada hasta sus hombros... ¿cómo una sencilla camisa blanca podía destacar la anchura de sus hombros de esa manera? Y esas piernas tan largas, los mocasines de ante marrón casi rozando sus propios zapatos.

Era un hombre guapísimo. Un ángel oscuro con el corazón de un demonio... o eso le había parecido seis años antes. ¿Y ahora?

«¿Qué habría pasado si me hubieras conocido a mí antes que a Anders?».

Le había hecho esa pregunta seis años antes y, por supuesto, no había podido responder. Sí, se sentía atraída por él. Y seguramente llevaba demasiado tiempo sin compañía masculina.

Pero la avergonzaba admitir algo tan básico, tan imposible de negar. ¿Cómo podía sentirse atraída por Leo, que la había insultado y había intentado comprarla?

Pero había cambiado, pensó entonces.

¿Sería posible que hubiera cambiado de verdad? Cuando recordó el brillo de humor en sus ojos mientras hablaba con Christian tuvo que controlar una oleada de deseo, de esperanza.

Pero no debía creer que Leo hubiese cambiado. Por mucho que quisiera, no podía confiar en él. Estaría sola en Amarnes y tendría que defender a su hijo. Y sería mejor que lo recordarse.

–Mira... –Leo tocó su hombro y Phoebe dio un respingo. Debía haberse quedado dormida sin darse cuenta–. Ya estamos en Amarnes.

Amarnes. Una isla en el mar del Norte, una joya diminuta, perfecta. El lado este de la isla estaba formado por fiordos y desde el cielo Phoebe podía ver los valles que creaban, verdes y llenos de vegetación, las cumbres de las montanas cubiertas de nieve. Mientras el jet descendía, pudo ver lo que parecían unos pueblecitos marineros y luego, al norte de la isla, la capital, Njardvik.

Phoebe recordó la última vez que estuvo en Amarnes, en la cubierta de un ferry, con Anders a su lado. Entonces no sabía que Anders fuera un príncipe. Lo había conocido diez días antes, mientras estaba visitando Noruega, y se había enamorado de él nada más verlo. Anders la hacía sentir como si fuera el centro del universo. Sólo después, cuando un trozo de papel declaró que estaban casados, se dio cuenta de que él hacía que todo el mundo se sintiera así, que estaba en su naturaleza. Pero no significaba nada.

Anders había señalado Amarnes, una mancha verde en el horizonte, diciendo: «ésa es mi casa». Y luego, apoyándose en la barandilla del ferry, con una de esas sonrisas infantiles que la habían conquistado: «creo que debería decírtelo, soy un príncipe».

Phoebe había soltado una carcajada, pero Anders le dijo entonces que no era una broma, que él era el príncipe heredero.

–Pero yo no quiero saber nada. No te puedes imaginar la presión, las expectativas que hay puestas en mí. Yo sólo quiero estar contigo, Phoebe.

Menuda broma. Anders podría haberlo creído en ese momento, pero no duró mucho. Y seis años después, Phoebe no encontraba energías para seguir enfadada con él. Ella había sido tan inconsciente como Anders al casarse con un hombre al que apenas conocía y ahora que estaba muerto sólo sentía cierta pena por él y por una vida que se había perdido tontamente.

–Bienvenida a casa –dijo Leo entonces.
–No estoy tan segura –murmuró Phoebe.
Él se limitó a sonreír.

Los siguientes minutos fueron como un borrón mientras bajaban del jet y entraban en la limusina que los esperaba.

–El palacio sólo está a unos minutos de aquí.

Phoebe miró a Christian, que tenía la carita pegada a la ventanilla, mirándolo todo con expresión de sorpresa. El pobre debía pensar que estaba en un cuento de hadas.

Unos minutos después atravesaban un bulevar flanqueado por casitas pintadas en tonos pastel, un resto del colonialismo holandés que había sufrido la isla durante cien años. Phoebe miró las placitas con flores en los balcones, las terrazas, ahora cerradas por el invierno. No podía negar que Njardvik era una ciudad preciosa y volver allí le recordaba el optimismo que había sentido cuando llegó con Anders.

¿Estaría equivocada al pensar que todo aquello terminaría en dos semanas?

–¡Mira, mamá, un palacio! –exclamó Christian.

El palacio, un edificio construido cientos de años atrás, estaba hecho de piedra y parecía de cuento.

Un funcionario los recibió en la puerta, rodeado de soldados vestidos con el uniforme de gala azul marino.

–Ya estamos aquí –dijo Leo.

Phoebe sólo había estado en el palacio una vez, acompañada como una delincuente por dos guardias, asustada y sola, para enfrentarse con Leo. Y, de nuevo, estaba sola y asustada y sin saber lo que iba a pasar.

Pero intentó reunir valor. Ella había cambiado, ya no era la cría que llegó allí seis años antes. Ahora era más fuerte y tenía un hijo al que defender.

–El rey querrá verte –dijo Leo–. Pero imagino que antes querrás descansar un poco y cambiarte de ropa. Johann os llevará a vuestras habitaciones.

Un empleado de uniforme apareció entonces como por arte de magia y Phoebe lo siguió, tomando a Christian de la mano.

Johann los llevó a una suite con dos dormitorios unidos por un saloncito y Christian se puso a investigar, como haría cualquier niño, la televisión de plasma, las enormes camas con edredones de plumas...

–Qué sitio más molón. ¿Cuánto tiempo vamos a quedarnos aquí, mamá?

–Dos semanas –contestó Phoebe, intentando controlar los nervios.

–Si el príncipe es mi primo, ¿cómo debo llamarlo, mamá? Y si él es un príncipe, ¿yo qué soy?

Un golpecito en la puerta evitó que Phoebe tuviera que contestar a tan complicada pregunta. Pero la persona que había al otro lado le informó de que el rey Nicholas quería verlos inmediatamente.

–¿Ahora mismo? –preguntó ella.

–Sí, señora.

No se había cambiado de ropa ni se había arreglado el pelo, pero si el rey iba a ser tan grosero como para exigir su presencia sin darles cinco minutos para descansar...

Phoebe llamó a Christian y el niño, siempre dispuesto a vivir nuevas aventuras, fue trotando a su lado mientras el funcionario los llevaba por un laberinto de pasillos y escaleras hasta llegar frente a una puerta de doble hoja decorada con pan de oro.

Phoebe tragó saliva. Aquélla era una parte del palacio que ella no había visto nunca.

–Su Majestad, el rey Nicholas I de Amarnes –anunció, abriendo las puertas.

Phoebe iba a entrar, con Christian de la mano, pero otro funcionario se colocó delante de ella, impidiéndole el paso.

–¿Qué...?

–Sólo el niño –le dijo.

Y antes de que Phoebe pudiese formular una protesta, el hombre entró con Christian y cerró la puerta.

Capítulo 6

—¿QUÉ? —Leo levantó la mirada del correo que estaba leyendo, perplejo. Su ayudante, Piers Handsel, asintió con la cabeza.

—Pensé que querría saberlo. El rey ha llamado al niño hace diez minutos.

—Pero si acaban de llegar...

¿Su tío no tenía tacto o sensibilidad alguna?, se preguntó.

—Sólo el niño —aclaró Piers—. No la madre.

—¿Qué quieres decir?

Su ayudante levantó los hombros, como en un gesto de disculpa.

—El rey no ha querido verla, aparentemente. Le ha negado la entrada al salón del trono.

—Pero imagino que ella se habrá resistido...

—Creo que Lars la escoltó fuera del salón.

—¡Lars! —exclamó Leo, disgustado. Lars era poco más que un matón al que pagaban por hacer el trabajo sucio.

Y cuando Piers decía «escoltada», Leo no tenía la menor duda de que quería decir «obligada».

Unos minutos después de llegar al palacio, habían tratado a la madre de Christian como si fuera una delincuente. Y el niño estaba a solas con el rey, un completo extraño para él.

Furioso como nunca, Leo golpeó la mesa con el puño. Como su madre, Phoebe había sido expulsada del palacio y de la vida de su hijo porque ya no la necesitaban. Le ponía enfermo pensar en la angustia que debía estar sufriendo. Y él había permitido que ocurriera...

–Hablaré con el rey –dijo entonces, levantándose.

Pero cuando llegó a la puerta del salón del trono se detuvo para calmarse un poco. No quería asustar a Christian y, respirando profundamente, empujó las puertas.

Nicholas estaba sentado en el trono, un anciano de cabello gris empequeñecido por los años, con su típico traje de chaqueta y chaleco.

Leo no se molestó con preliminares, estaba demasiado enfadado.

–¿Cómo se te ha ocurrido separar a Phoebe de su hijo en cuanto han llegado a Amarnes?

El rey lo fulminó con la mirada.

–Te dije que no la trajeras.

–¿Y cómo crees que se puede separar a un niño de su madre? –le espetó Leo.

–Te dije que le ofrecieras dinero.

–No se puede comprar a Phoebe Wells.

–Se puede comprar a todo el mundo.

Leo apretó los labios.

–Phoebe adora a su hijo, lo he visto yo mismo. Antes de ir a Nueva York no me imaginaba que sería así...

Antes de ir a Nueva York había imaginado a una

mujer superficial, frívola, la clase de mujer que se casaría para separarse un mes más tarde. Pero Phoebe no era así. Había cambiado, había madurado, pensó, sintiendo una sorprendente punzada de orgullo y admiración.

Nicholas se encogió de hombros.

–Da igual. Seguro que podrás encontrar una manera de librarte de ella.

Librarse de ella. Veinticuatro horas antes, ese pensamiento sólo hubiera provocado cierto malestar, pero ahora lo sacaba de sus casillas.

–Tu sensibilidad me asombra –le dijo–. Phoebe Wells es la madre de ese niño y tiene todos los derechos legales...

–Como los tenía tu madre –lo interrumpió Nicholas–. Pero también ella se marchó.

Leo tuvo que hacer un esfuerzo sobrehumano para calmarse; que aquel hombre se atreviera a mencionar a su madre...

Por un momento volvió a verse a sí mismo de niño, frente a la ventana, intentando no llorar, pero deseando ponerse a gritar, suplicarle a su madre que volviera o que al menos mirase hacia arriba. No lo había hecho.

¿Se estaba viendo a sí mismo en Christian, a su madre en Phoebe?, se preguntó entonces. ¿Cómo podía no haberlo visto hasta aquel momento?

Pero así era, se dio cuenta. Desde que entró en el salón del consulado y vio a Phoebe, tan orgullosa y asustada a la vez, sus planes de ofrecerle dinero se habían ido por la ventana. Él nunca separaría a una madre de su hijo. Y, sin embargo, ¿qué podía hacer?

¿Qué clase de vida podría tener Phoebe en Amarnes? ¿O se cansaría el rey del niño, como ella había esperado?

–¿Qué piensas hacer con Christian?

Nicholas se encogió de hombros.

–Me gusta –respondió, como un niño hablando de un juguete nuevo–. Tiene coraje. No ha llorado cuando entró en el salón sin su madre.

–Cuando lo obligaste a entrar en el salón sin su madre –le recordó Leo.

–Algún día será un buen rey.

–¿Qué quieres decir con eso?

–Christian es el hijo de Anders. ¿Por qué crees que te pedí que fueras a buscarlo, para jugar a las familias?

Leo no se atrevió a contestar. Porque de pronto había entendido lo falso que era el deseo de Nicholas de ver a su nieto. Por supuesto, tenía un motivo oculto... convertirlo en rey.

–Anders abdicó del trono para sí mismo y para sus herederos –le recordó–. Tú no puedes deshacer...

–¿No puedo? –lo interrumpió su tío, con una mirada irónica.

Leo apretó los puños. Había estado tan ciego, había sido tan idiota al olvidar el pasado...

–He convocado una sesión especial del Parlamento –siguió el rey.

–Y así, de repente, vas a cambiar la línea sucesoria a tu capricho para convertir en rey a un niño al que ni siquiera conoces...

–La línea sucesoria sigue intacta –le informó Nicholas–. Que tú fueses el heredero era una aberración.

Por supuesto que lo era. Siempre lo había sido. El hijo mayor del hermano pequeño, una posición inútil. Leo rió, con una risa amarga.

–Sé cuánto te enfureció que yo me convirtiese en el heredero... pero dime, ¿fue el orgullo lo que te impidió suplicarle a Anders que no abdicase? Tal vez con el tiempo hubieras podido aceptar a su esposa y él habría sido rey algún día.

Nicholas lo miró con desprecio y odio, las únicas armas que poseía.

–Pero ahora mi nieto será el rey de Amarnes.

–Si el Parlamento decide cambiar la línea sucesoria y reinstaura a Anders póstumamente.

–Lo harán –afirmó su tío con total certeza. Y Leo sabía por qué: el Parlamento hacía lo que Nicholas dictaba.

Él no sería rey, pensó. Durante seis años había sido el heredero, sirviendo a Nicholas para demostrar que merecía ese puesto... aunque ni él mismo lo creyera.

Habían hecho falta seis años de comportamiento sensato y maduro para que la prensa y la gente de Amarnes empezasen a creer en él, pero se había ganado su respeto.

Aunque nunca se había ganado el del rey.

Era el hijo del segundo hijo; había sido un play boy, un frívolo. Y más insultantes eran los sentimientos que se guardaba para él porque reconocerlos en voz alta sería abrir una caja de Pandora que tal vez no sería capaz de volver a cerrar.

Pero ahora todo le iba a ser arrebatado y la vida de Christian cambiaría de forma irrevocable sin que ni Phoebe ni él pudiesen hacer nada. La había enviado a la guarida del león... a la guarida del monstruo. Porque si Christian era el heredero no podría volver a Nueva York... nunca. Nicholas quería a Phoebe fuera de su vida, fuera del país, y haría lo que tuviese que hacer para conseguirlo.

Y él... él había sido uno de sus matones, pensó, lleno de remordimientos. Había creído servir a la corona, pero ahora veía que sólo había estado sirviendo los oscuros propósitos de un hombre infame.

—Si estás decidido a convertir a Christian en tu heredero, que así sea —le dijo, intentando disimular su amargura—. Supongo que preferirías que se hundiera la monarquía antes de verme a mí en el trono, pero no vas a conseguirlo echando de aquí a Phoebe Wells. Por mucho que detestes su presencia, a esa mujer no se la puede comprar o intimidar.

—Eso ya lo veremos...

—Eso ya lo he visto yo —lo interrumpió Leo—. Y te recuerdo que Phoebe es ciudadana norteamericana, como lo es su hijo. Éstos son otros tiempos y a ella no podrás amedrentarla como hiciste con mi madre.

¿Cómo podía haber llevado a Phoebe a Amarnes para ponerla en la misma posición en la que estuvo su madre? ¿Cómo podía no haber anticipado lo que iba a pasar? ¿Habría cerrado los ojos a propósito, convenciéndose a sí mismo de que lo hacía para proteger su corona?

Pero esa corona ya no era suya.

–Encontraré alguna manera... –estaba diciendo Nicholas.

–No –volvió a interrumpirlo Leo–. Y si quieres que Christian permanezca en Amarnes, bajo la protección de la corona, tendrás que usar un método más sutil –añadió, dando un paso adelante–. A partir de ahora, lo haremos a mi manera.

Phoebe se pasó las manos por los brazos, intentando contener el pánico mientras paseaba de un lado a otro de la habitación. Las puertas estaban cerradas. Había intentado abrirlas, pero alguien había cerrado desde fuera. Y estaba realmente asustada. Jamás se le hubiera ocurrido que iban a tratarlos así, que alguien la alejaría de su hijo sin dar explicación alguna...

Era una prisionera en Amarnes y pensar que ella misma había entrado por voluntad propia en aquella cárcel la llenaba de horror. Había confiado en Leo y ahora...

Pero tenía que calmarse, pensar con sensatez.

No podían quitarle a su hijo. En el mundo occidental, una madre no podía ser separada de su hijo así como así...

Sin embargo, no sabía de lo que era capaz la familia real. Ni siquiera sabía dónde estaba Christian. Llevaba media hora esperando y durante esos interminables treinta minutos había tenido que hacer un esfuerzo sobrehumano para no sacudir la puerta y ponerse a gritar hasta que alguien la sacase de allí...

De repente, la puerta se abrió y Leo entró en la habitación, aparentemente calmado, como si no pasara nada.

–¡Me has mentido! –le gritó–. Me han quitado a Christian... un hombre me ha sacado del salón...

–Tranquila –la interrumpió él–. Siento muchísimo lo que ha pasado. No era mi intención...

–¿No lo era? –lo interrumpió Phoebe–. No puedo creer que tú no supieras...

–Te aseguro que no lo sabía. Te lo prometo.

Había tal sinceridad en su voz, en su expresión, que Phoebe lo creyó.

–¿Entonces qué ha pasado? ¿El rey ha actuado por su cuenta?

–El rey suele actuar por su cuenta –suspiró Leo, volviéndose hacia la ventana para mirar el jardín. Tenía las manos en los bolsillos del pantalón y, observándolo atentamente, Phoebe se dio cuenta de que no estaba tan calmado como parecía.

–Pensé que el rey quería conocer a su nieto –murmuró–. Por eso te traje aquí.

–Pero está con él ahora mismo... –cuando Leo siguió mirando por la ventana, sin decir nada, Phoebe se asustó–. ¿Qué ocurre? ¿Por qué nos han separado?

–Porque el rey está interesado en Christian, no en ti.

–Eso ya lo sé, pero...

–Phoebe –Leo se dio la vuelta para poner las manos sobre sus hombros–. No voy a dejar que os pase nada, te lo prometo.

–¿Es que podría pasarnos algo? –exclamó ella, alarmada.

–Yo no sabía que... –Leo sacudió la cabeza.

–¿Qué es lo que no sabías? ¿Qué es lo que no me has contado? Por favor, sé sincero conmigo.

Él levantó una mano para acariciar su cara y Phoebe tuvo que hacer un esfuerzo para no apoyarse en ella, para no pedirle que la ayudase. Temía que confiar en él pudiera ser el mayor error de todos.

–Te lo contaré, pero no ahora mismo. Sólo llevas unas horas en el país y estoy seguro de que querrás ver a Christian.

–¿Dónde está?

–Arriba, en el cuarto de los niños, con mi antigua niñera. Está bien, no te preocupes.

Phoebe asintió. Seguía temblando, pero las palabras de Leo, su presencia, hacían que sintiera cierta tranquilidad.

–Mañana te lo contaré todo –dijo luego, inclinando la cabeza para rozar sus labios.

Pero después de hacerlo dio un paso atrás, casi tan sorprendido como ella. No había sido más que un roce y sin embargo... había encendido una llama en su interior; esa brasa que permanecía encendida desde que volvieron a verse convirtiéndose en una hoguera.

–Leo...

Él puso un dedo sobre sus labios, como sellando el recuerdo de aquel beso.

–Hablaremos mañana.

–¿Mañana? –repitió ella. No podía esperar tanto tiempo.

–Tienes que descansar –Leo sonrió y Phoebe se encontró mirando sus labios, como esculpidos, perfectos–. Le pediré a alguien que te acompañe arriba.
–Muy bien.
Debía procesar todo lo que estaba pasando, incluyendo el inesperado beso de Leo... aunque anhelaba verlo otra vez, tocarlo otra vez. Pero tenía razón, lo importante en aquel momento era ver a Christian, recuperar la tranquilidad y comprobar que su hijo no estaba asustado.

Sin embargo, cuando Leo salió de la habitación la ansiedad persistía. ¿Qué era lo que no le estaba contando? ¿Y por qué tenían que esperar hasta el día siguiente?

La puerta se cerró tras él y solo en el despacho, Leo lanzó una imprecación. Su plan estaba funcionando demasiado bien. Phoebe confiaba en él, respondía ante la mínima caricia... ¡y ese beso!

Apenas la había tocado, pero daba igual. Ese simple roce había despertado una respuesta inequívoca en los dos. Lo había sentido seis años antes, y lo sentía ahora.

Todo su cuerpo ardía de deseo. Anhelaba volver a besarla y unir su cuerpo con el de ella...

Pero todavía no. Aún había mucho que hacer.

El sentimiento de culpa se lo comía vivo, tan amargo como la bilis. Estaba utilizando a Phoebe, usándola con toda frialdad. Y si ella lo descubría...

No debía pensar eso. No podía permitírselo. El funesto plan del rey justificaba el suyo. Así era como tenía que ser. Ésa era la única forma de solucionar el problema.

Phoebe siguió al funcionario por la escalera y fue recibida en el pasillo por una matrona de mejillas sonrosadas.

—Estábamos esperándola —sonrió—. Yo soy Frances, la niñera.

—¿Dónde está mi hijo? —preguntó Phoebe.

—Está aquí, no se preocupe —dijo la mujer, llevándola a un cuarto lleno de juguetes.

—¡Mami! —Christian se levantó de la alfombra en la que estaba jugando—. ¿Dónde estabas?

Dejando escapar un suspiro, Phoebe se inclinó para tomarlo en brazos.

—Hablando con Leo, cariño. ¿Te encuentras bien?

—Sí, claro —contestó Christian, moviéndose para que lo dejara en el suelo—. He conocido al rey.

—¿Ah, sí? ¿Y es simpático?

—Regular —el niño se encogió de hombros—. ¿Por qué no has venido conmigo? Al principio me asusté un poco...

—Cariño mío —murmuró ella, acariciando su pelo—. Yo quería entrar, pero el rey quería hablar contigo a solas un momento.

—¿Por qué?

—¡Hora de la merienda! —anunció Frances, apareciendo con una bandeja—. Imagino que tendrás hambre, jovencito. Ven a comer algo... he traído pan con mantequilla y mermelada.

Christian se sentó a la mesa a comer y Phoebe se volvió hacia la niñera.

–Gracias por cuidar de él. Y por todo lo demás.

–De nada. Es un niño encantador.

–Me han dicho que lleva usted mucho tiempo trabajando para la familia real.

–Treinta y cinco años, desde que Leo nació. Cuidé de él y de Anders... –la expresión de la mujer se oscureció–. Qué pena lo de Anders...

–Sí, desde luego.

–Ese pobre muchacho nunca fue capaz de concentrar su atención en nada durante más de diez minutos –suspiró la niñera.

–Imagino que usted lo conoció bien... a él y a Leo.

–Sí, claro.

–¿Y cómo eran de niños? ¿Eran amigos?

–¿Amigos esos dos? Ni por un momento.

–¿Por qué dice eso?

–Porque Anders era un niño horriblemente mimado desde que nació. Yo hice lo que pude, pero sus padres le daban todos los caprichos... y así no se puede educar a un niño. Todo lo que hacía estaba bien y cuando no estaba bien... culpaban a Leo.

Phoebe estaba sorprendida por la sinceridad de la mujer.

–¿Culpaban a Leo cuando Anders hacía travesuras?

–Mire, no debería decirlo, pero imagino lo difícil que es su posición aquí y cuanta más información tenga... –Frances miró hacia la puerta para comprobar que estaban solas–. Nicholas y Havard eran hermanos, pero Nicholas odiaba a Havard, estaba celoso de él porque todo el mundo lo quería. Él era el hermano menor, pero a todos les hubiera gustado que fuese al revés, que él fuera el heredero en lugar de Nicholas. Havard era guapo, encantador, dulce y amable con todo el mundo, mientras Nicholas era amargado y rencoroso. No podía evitarlo. De niño siempre fue muy enfermizo, pálido y delgado, mientras Havard era la viva imagen de la buena salud. O eso me han contado... yo lo conocí cuando nació Leo. Por lo visto, su hermano tenía razones para estar celoso y esos celos lo envenenaron –Frances colocó una cesta de juguetes en la estantería y se limpió las manos en el delantal–. Nicholas se casó con una mujer danesa, Johanna, que se retiró a Mónaco cuando Anders abdicó... murió hace dos años.

–¿Nicholas y el padre de Leo no se llevaban bien?

–Nicholas y su mujer tardaron diez años en tener hijos, de modo que Anders fue una sorpresa más que bienvenida... mientras tanto, Havard se había casado con Ana, una heredera italiana, y tuvieron a Leo prácticamente a los nueve meses de la boda. Nicholas estaba consumido de celos, claro. Todo el mundo podía verlo, incluso yo.

–Pero Leo no tenía posibilidades de ser rey –dijo Phoebe–. Siendo hijo del hermano menor...

–Nicholas no tenía hijos e imagino que Havard empezó a pensar en la posibilidad de que Leo fuese algún día el rey de Amarnes. Había muchos rumores en palacio y, sin duda, eso enfurecía al rey.

Phoebe no podía ni imaginar la tensión y las rivalidades que debía haber habido en el palacio en el que Leo había crecido. ¿Cómo lo habría afectado todo eso?, se preguntó.

–¿Qué ocurrió después?

–Que nació Anders y Havard murió –suspiró Frances–. Y a partir de entonces, todo cambió.

–¿En qué sentido?

–Nicholas tenía un heredero y Leo no tenía nada. Su madre fue enviada a Italia, su país de origen, y a él lo trataron desde entonces como si fuera un pariente pobre –la niñera sacudió la cabeza–. Pero no debería contarle todo esto... aunque usted merezca saberlo.

Phoebe puso una mano en su brazo.

–No sabe cuánto se lo agradezco. Ni siquiera sé qué estamos haciendo aquí.

–La verdad es que entiendo que Leo perdiese un poco la cabeza cuando era joven.

–El príncipe play boy –murmuró Phoebe.

–Eso es.

Christian se levantó de la mesa en ese momento y la niñera sonrió.

–Ya he terminado de merendar.

–Ven aquí, cariño. Tenemos que lavarte las manos.

Frances y el niño entraron en un cuarto de baño y Phoebe se quedó pensativa, mirando por la ventana. Ahora entendía a Leo... entendía por qué había sido un play boy, un cínico. Y por qué había cambiado. Porque había cambiado, estaba segura.

El pariente pobre se había convertido en el heredero, en un príncipe que algún día sería el rey de

Amarnes. Y el deber, más que el deseo o la búsqueda de placeres eran lo único importante ahora.

¿Pero de verdad podía decir que conocía o entendía a Leo Christensen? Quería conocerlo, confiar en él. Phoebe se llevó un dedo a los labios y supo que quería algo más...

¿Pero era sensato confiar en él? ¿Desearlo? ¿Estaba Leo siendo sincero con ella o estaría engañándola con algún propósito? ¿Quería arrebatarle a su hijo?

—¡Mamá! —Christian volvió corriendo a la habitación y su rostro se iluminó cuando se volvió hacia la puerta—. ¡Leo!

Phoebe se quedó inmóvil. La habitación, el mundo entero parecía haber quedado en suspenso mientras se daba la vuelta. Allí estaba Leo, sonriente, su aspecto relajado haciendo que sus miedos se evaporasen.

—Hola, Christian. He venido para ver cómo estabas.

—Aquí hay muchos juguetes —dijo el niño—. Pero algunos son muy viejos.

—Ah, ésos deben ser los míos —sonrió él.

Phoebe contuvo un suspiro. Si pudiera estar en una habitación con aquel hombre y hacer que le sonriera de esa forma para siempre...

Qué extraño, cuando su sonrisa solía asustarla. Años atrás había sido tan fría, tan cruel, que le daba miedo. Ahora, sin embargo, se preguntaba cómo podía haber dudado que hubiese cambiado. Era tan evidente.

—Esta noche podrías cenar con tu mamá en la habitación. Imagino que estarás cansado.

—No estoy cansado –dijo Christian.

—Pero yo creo que sería lo mejor –insistió Leo, mirando a Phoebe.

—Yo sí estoy cansada, cielo.

—Y mañana iremos a patinar sobre hielo. Cada año montan una pista de patinaje en la plaza principal de Njardvik y ponen el árbol de Navidad más grande que te puedas imaginar.

Christian inclinó a un lado la cabeza, escéptico.

—¿Más grande que el que ponen en el Rockefeller Center?

—No estoy seguro –sonrió Leo–. Pero la pista de patinaje es mucho más grande.

Unos minutos después, cuando Leo se excusó para volver a trabajar, Phoebe llevó a Christian a su suite y, a pesar de las protestas del niño, poco después de cenar se había quedado dormido.

Pero ella permaneció despierta, angustiada. Y, sin embargo, entre todas aquellas emociones, sentía cierta esperanza. Estaba segura de que Leo había insistido en que cenaran en su habitación para evitar cualquier roce con el rey, de modo que estaba pensando en ella, estaba de su lado.

Suspirando, miró por la ventana los jardines del palacio, las ramas desnudas de los árboles recortadas contra el cielo, el suelo cubierto de nieve.

No sabía por qué sentía esa esperanza, pero estaba allí, dentro de ella, un capullo escondido a punto de abrirse a la luz del día, al calor de la sonrisa de un hombre, del recuerdo de un beso. Estaba convencida, tal vez ingenuamente convencida, de que podía confiar en Leo, de que podrían ser amigos. Y tal vez, sólo tal vez, incluso algo más.

–El rey está esperándome –Leo informó fríamente al soldado que hacía guardia frente a la puerta de la habitación de su tío y el hombre se apartó.

Nicholas estaba sentado en una cama con dosel de madera labrada, apoyado sobre varios almohadones y con el edredón sobre las piernas.

–¿Y bien? ¿Qué ha pasado?
–¿A qué te refieres? –preguntó Leo.
–A ese plan tuyo para librarte de la madre de Christian.
–Ah, sí, claro –murmuró él, apoyando un hombro en la pared–. Está funcionando.
–No entiendo por qué no puedes darle dinero para que se vaya –murmuró su tío–. O podríamos lanzar una campaña de rumores sobre su pasado...
–No vamos a hacer nada de eso. Insultarla en los periódicos sensacionalistas no beneficiaría en nada a tu heredero y, además, ya te he dicho que no se la puede comprar.
–Y, como yo te he dicho antes, se puede comprar a todo el mundo –insistió el rey–. El precio de tu madre fue cincuenta mil –Nicholas se quedó callado un momento, disfrutando al ver la sorpresa en los ojos de su sobrino– dólares.

Leo se quedó inmóvil. No estaba dispuesto a creerlo... quería llamarlo mentiroso a la cara. Su madre no habría aceptado ese dinero por abandonar a su hijo.

Pero al ver la sonrisa de satisfacción en el rostro

de Nicholas supo que no estaba mintiendo. Su madre había aceptado ese dinero para dejarlo con la familia real de Amarnes y sus maquinaciones. Y, evidentemente, Nicholas había estado esperando aquel momento para contárselo.

–Mi madre debió pensar que era lo mejor para mí –logró decir, con el corazón encogido.

–¿Y cuál es tu plan con la americana?

Leo hizo una mueca de desprecio. Qué arrogante confiarle a él precisamente esa tarea cuando acababa de decirle que ya no era el heredero. Lo había cortado de la línea sucesoria sin miramientos y, sin embargo, seguía esperando que obedeciera sus órdenes sin cuestionar nada. Sencillamente, no estaba acostumbrado a que le llevasen la contraria.

El único que se atrevió a hacerlo fue Anders y el resultado lo llevó a abdicar, a exiliarse, a morir.

Leo se tragó el sentimiento de culpa que iba siempre asociado a ese pensamiento y se volvió para mirar a su tío.

–No hay necesidad de que conozcas los detalles. Yo me encargaré de lidiar con... este inconveniente en su debido momento.

–Un inconveniente, eso es –asintió el rey–. Pero hazlo pronto, no quiero problemas.

–Sí, claro. El asunto estará solucionado mañana por la noche.

–Muy bien –Nicholas se tapó con el edredón y empezó a toser.

Y, por un momento, Leo sintió pena de aquel anciano malicioso. Ni siquiera él podía luchar contra el paso del tiempo y la enfermedad.

–Estoy cansado. Hablaremos por la mañana.

Leo volvió a sus habitaciones y, como solía hacer cada noche, se acercó al mueble bar... pero se volvió antes de servirse una copa, disgustado consigo mismo. Suspirando, abrió el balcón y apoyó las manos en la fría barandilla de hierro.

No se había sentido tan acorralado en toda su vida. Tenía que proteger a Phoebe, a Christian y a la corona. Y sólo veía una solución. Pero esa solución requería que manipulase a Phoebe.

Tenía que convertirla en su esposa.

Eso la salvaría, pero la condenaría a la vez. La condenaría a la política de la casa real de Amarnes, a sus maquinaciones y sus intrigas, la condenaría a vivir fuera de su país, a un matrimonio sin amor.

Había pasión entre ellos, Leo lo sabía. Lo sentía cada vez que la veía, cada vez que estaban cerca. Y el deseo de tocarla, de volver a besarla era insoportable.

Era ese deseo lo que le había dado la idea y, sin embargo, ¿sería suficiente? ¿Aceptaría Phoebe casarse con él?

¿Y lo odiaría cuando descubriese lo que había hecho? ¿Lo despreciaría al saber qué clase de hombre era?

Leo cerró los ojos. Phoebe era una buena persona, mejor persona que su madre tal vez. Al menos más fuerte. Su madre, ahora lo sabía, se había dejado llevar si no por la avaricia sí por la desesperación. Pero treinta años después podía sentir piedad por una mujer que había sido tan acorralada por la familia real de Amarnes que tuvo que dejarse comprar.

Phoebe no se dejaría comprar y no se dejaría acorralar, estaba seguro. Era una buena persona y una buena madre, pensó, sintiéndose como un monstruo.

Demasiado buena para él.

Un golpe de viento helado lo hizo temblar y, mascullando una palabrota, Leo volvió a entrar en la habitación.

Capítulo 7

EL BRILLO rosado del amanecer iluminando el suelo de la habitación despertó a Phoebe. A su lado, Christian dormía profundamente. A medianoche lo había oído moverse inquieto en su habitación y, sin despertarlo, lo había llevado en brazos a su cama.

Su hijo se hacía el valiente, pero debía estar un poco asustado... inquieto al menos. Como ella.

Phoebe se quedó inmóvil, disfrutando de un momento de tranquilidad, aunque sin dejar de pensar en los eventos y las sorpresas del día anterior.

Estaban en Amarnes. Nicholas podría querer la custodia de su hijo y Leo la había besado.

Suspirando, se levantó de la cama, con cuidado para no despertar a su hijo. El sol empezaba a asomar por el horizonte; una pálida bola amarilla sobre las montañas. Una mirada al reloj le dijo que eran casi las ocho. El sol salía muy tarde en aquella parte del mundo, pensó.

Aquel día iban a patinar con Leo, pensó mientras se duchaba. Y, a pesar de sus miedos, eso la hizo sentirse tontamente entusiasmada.

Una hora después salían del palacio, los tres solos, bien abrigados para evitar el frío.

—¿No llevamos escoltas? –le preguntó a Leo.

—Amarnes es un país pequeño y relativamente seguro –contestó él–. Y creo que yo podría tumbar a cualquiera que se acercase –bromeó luego, sacando bíceps.

Phoebe rió. Le hacía falta eso, pensó; esa sensación de que todo estaba bien, de que no había ningún peligro para su hijo.

A su lado, Christian iba prácticamente dando saltos de alegría.

El sol estaba asomando entre las nubes cuando llegaron a la plaza principal de la ciudad. La última vez que estuvo en Njardvik todo había sido un borrón, pero ahora se encontraba mirando alrededor con genuino interés. La plaza estaba rodeada de elegantes y antiguos edificios, todos pintados en tonos pastel.

En medio de la plaza, llena de luces, habían instalado una pista de hielo y un árbol de Navidad de al menos quince metros de altura a uno de los lados. Incluso Christian se quedó impresionado por su tamaño y anunció que era mejor que el del Rockefeller Center.

—Qué alivio –rió Leo.

Después de elegir los patines en un puesto al lado de la pista se sentaron en un banco de madera para ponérselos. Phoebe vio cómo la gente, el hombre que les había dado los patines, la mujer que les ofreció *pebber nodder*, galletitas de canela, miraban a Leo. En esas miradas veía respeto y admiración, incluso afecto. Leo, se dio cuenta, se había ganado el corazón de su gente.

Y eso la alegró.

−¿Sabes patinar? −le preguntó él entonces.

−Un poco −contestó Phoebe−. ¿Y tú?

−Un poco también.

−Yo me caigo mucho −confesó Christian, estirando las piernas para que Leo le atase los cordones.

Phoebe observó ese gesto tan simple, Leo atando los cordones de los patines de su hijo, y su corazón se encogió y se hinchó al mismo tiempo. Había algo tan natural en el gesto que la asustaba. Era demasiado fácil imaginarlos como una familia, imaginar y desear que aquello fuese real.

−Bueno, ya está −Leo se levantó, ofreciéndole una mano a Christian y otra a ella. Todos llevaban guantes pero, aun así, le gustó demasiado sentir esa mano firme apretando la suya.

La valentía de Christian se esfumó al ver el hielo, pero Leo tomó su mano y, patinando hacia atrás, lo ayudó a deslizarse sobre la pista mientras Phoebe se quedaba observando. Leo patinaba algo más que «un poco», pensó, divertida. Y su hijo sonreía, encantado cuando por fin pudo soltar su mano y patinar solo.

Leo volvió entonces con ella.

−Lo haces muy bien.

−Todos los niños de Amarnes saben patinar −sonrió él−. ¿Vas a probar el hielo o no?

−Sí, bueno...

−No irás a decirme que tienes miedo, ¿verdad?

−¿Yo? ¿Miedo?

−Has dicho que sólo patinabas un poco.

−Hace tiempo que no lo hago, pero vamos a probar –Phoebe entró en la pista y, sin mirar a Leo, empezó a hacer piruetas, con una pierna colocada en perfecto ángulo recto.

–¡Muy bien, mami! –gritó Christian–. Mi mamá patina mejor que nadie.

–Ya lo veo –rió Leo.

Phoebe volvió a su lado, con una sonrisa en los labios.

–Hice patinaje durante cinco años cuando era pequeña –le confesó–. En realidad, quería ser una estrella del patinaje.

–¿Y qué pasó?

–Que no era tan buena.

–Eres mejor que yo, desde luego. Y yo pensando darte lecciones...

–A lo mejor debería ser al revés –rió ella.

–O tal vez deberíamos darnos lecciones el uno al otro –le dijo Leo al oído– en otros campos.

Phoebe se quedó sin respiración. La camaradería que había habido entre ellos hasta un segundo antes reemplazada por algo más profundo, más elemental.

Lo deseaba. Deseaba que la besara, que la tocase, quería hacer el amor con él, sentir el peso de su cuerpo...

Phoebe se dio la vuelta, temiendo que él pudiera leer sus pensamientos. No estaba preparada para que Leo supiera eso.

Aunque tal vez ya lo sabía. Tal vez lo había sabido desde que la tocó seis años antes en aquel salón y ella había sentido como si tocase su alma. Tal vez, sólo tal vez, su matrimonio con Anders no había tenido ni una sola posibilidad desde ese momento.

–¿No vamos a seguir patinando? –preguntó Christian.

–Sí, claro que sí –contestó Leo, tomando su mano–. Y luego vamos a tomar chocolate caliente.

Siguieron patinando durante una hora más antes de que el frío ganase la batalla.

–Hay un café cerca de aquí –dijo Leo– y al chocolate le ponen nata montada.

El aire era frío y húmedo mientras se alejaban de la pista de patinaje, aunque el sol seguía brillando en el cielo.

Caminaron en silencio hasta el prometido café, un sitio pequeño con las paredes forradas de madera, sus mesas y sillas de roble, una reliquia de otros tiempos.

El propietario se apresuró a atenderlos, todo sonrisas, y unos segundos después estaban sentados a una mesa en el fondo del local, los abrigos y guantes colgados en el perchero.

Uno de los camareros llevó un cuaderno de dibujo y una caja de lápices de colores para Christian y, mientras su hijo coloreaba, Phoebe aprovechó la oportunidad para estudiar a Leo: un par de copos de nieve brillaban en su pelo y tenía las mejillas rojas del frío. Tontamente, deseó pasar la mano por su cara para ver si era tan suave como parecía...

Pero apretó los puños, decidida a contener el impulso.

–Estás muy callada –dijo él entonces–. ¿En qué piensas?

Phoebe no tenía la menor intención de contarle la verdad, de modo que se encogió de hombros.

–Has cambiado.

–¿Ah, sí?
–Sí –afirmó Phoebe–. Ya no eres...
–¿Un play boy? –terminó Leo la frase por ella.
–No, pero es más que eso.
–Qué interesante.

Phoebe se dio cuenta de que no quería seguir hablando de sí mismo y se preguntó por qué. Pero no pudo seguir pensando porque el camarero apareció con tres tazas de chocolate con nata montada y Christian dejó a un lado los lápices para disfrutar de su merienda.

–¿Decidiste dejar atrás los días de fiestas cuando supiste que algún día serías el rey de Amarnes?

Algo brilló en los ojos de Leo, algo que ella no entendió.

–Más o menos. Ya te dije una vez que algunas cosas podrían ser sórdidas y, a la vez, aburridas.

–¿Ir de fiesta empezó a aburrirte?
–Siempre me aburrió.

Christian levantó la mirada de su taza, con la nariz manchada de nata.

–¿Qué significa sórdidas?

Leo y Phoebe se miraron, sorprendidos. Ésa era la señal de que debían cambiar de conversación. Sin embargo, seguía sintiendo una gran curiosidad por la vida de Leo. Por su infancia, por el hombre que había sido y en el que se había convertido. Un hombre, se dio cuenta alarmada, que podía gustarle mucho. Un hombre al que podría amar.

Cuando terminaron sus chocolates, Leo dijo que debían volver al palacio.

–Pareces cansado, jovencito.

—¡No estoy cansado! —protestó Christian.

—Bueno, de acuerdo, pero tu madre sí. Y mientras ella se echa una siestecita, yo podría enseñarte el salón de juegos del palacio. ¿Sabes jugar al billar?

—No —respondió Christian, entusiasmado—. Pero puedo aprender.

—Si a tu mamá le parece bien...

Phoebe sonrió. Echarse una siestecita sonaba de maravilla.

Una vez fuera del café se encontraron con un mercadillo navideño; una calle estrecha llena de puestos en los que vendían productos de artesanía, galletas y adornos.

—¿Todos estos son Santa Claus? —preguntó Phoebe, examinando una fila de figuritas de madera de barba blanca y gorro rojo.

—No, son *nissen*. Es parecido a un Santa Claus, aunque bastante más travieso.

—¿Más travieso?

—Originalmente, era el protector de las granjas, pero podía robar el heno de las vacas para dárselo a los caballos, por ejemplo. El día de Nochebuena alguien se viste como un *nisse* y va por las casas preguntando a los niños si han sido buenos.

—¿Alguien se vestía de *nisse* cuando tú eras pequeño? —preguntó Phoebe, imaginando a Anders pidiendo todos los regalos mientras Leo se quedaba en la sombra.

—Sí, claro —contestó él, con gesto serio—. Siempre.

—¿Y cuál era tu respuesta? ¿Habías sido un niño bueno?

Leo, que tenía una figurita en la mano, volvió a ponerla en su sitio.

–Yo siempre fui un niño muy bueno.

Phoebe podía imaginar lo que *no* le estaba contando, los recuerdos que se guardaba para sí mismo. Ignorado, abandonado, prácticamente huérfano en un palacio en el que todas las atenciones eran para Anders. Podría haber sido un niño bueno, pero dudaba que hubiera sido un niño feliz. Y cuando miró la figurita del *nisse*, le pareció que se reía de ellos.

Poco después dejaron atrás el mercadillo y empezaron a caminar hacia el palacio, Leo llevando a Christian de la mano. Y ella no podía dejar de pensar que parecían un padre y un hijo...

¿Y si Leo hubiera sido el padre de Christian en lugar de Anders? ¿Y si lo hubiera conocido antes? ¿Se habrían enamorado?

Preguntas absurdas, se dijo, para las que nunca obtendría respuestas. El pasado era el pasado, no había forma de cambiarlo. Y el presente ya era lo bastante angustioso.

Y en cuanto al futuro...

¿Qué podía haber entre ella y Leo, el heredero al trono? La habían considerado una candidata indeseable seis años antes y dudaba que algo hubiera cambiado a ese respecto.

Además, estaba exagerando. Lo único que Leo había hecho era besarla y ni siquiera había sido un beso de verdad.

Aunque a ella se lo hubiera parecido.

Pero en dos semanas volvería a casa con Christian... al menos, eso era lo que quería, lo que esperaba. Seguía temiendo los planes del rey, pero aun así, entre sus miedos y sus incertidumbres, ahora sentía el absurdo deseo de que esas dos semanas no terminasen.

Estaba funcionando, pensó Leo, apretando la mano de Christian. El niño estaba contándole algo sobre un robot... ¿o era un dinosaurio? mientras su propia mente viajaba en círculos. Él tenía un plan, lo estaba llevando a cabo y era, evidentemente, un éxito.

Phoebe estaba enamorándose de él.

¿Entonces por qué se sentía como un canalla?

«Porque no la mereces. Nunca la has merecido y nunca merecerás a una mujer como ella».

Leo apartó esos amargos pensamientos, las voces de su atormentada conciencia, sus recuerdos. Tenía que concentrarse, seguir intentando lograr su objetivo. Porque aunque Phoebe descubriese la verdad, aunque lo odiase, él sabía que estaba haciendo lo que tenía que hacer.

Por ella.

Phoebe, atónita, miraba los vestidos que Leo había enviado a su habitación con instrucciones de que eligiera uno para ponerse esa noche. Dentro de la caja había una tarjeta con una sencilla frase: *cena conmigo*.

Con el corazón acelerado y los nervios de punta, Phoebe sacó los vestidos y los colgó en la puerta, mirando de uno a otro. ¿Cuál de ellos debía ponerse para cenar?

Para cenar a solas con Leo.

Ahora, por fin, le explicaría lo que sabía sobre los planes del rey, aunque la verdad era que apenas podía pensar en eso.

En lo único que podía pensar era en estar a solas con él. ¿Qué pasaría? ¿Qué haría Leo? ¿Y qué haría ella?

–¿Cuál debo ponerme, Christian?

El niño estaba tumbado en la cama, viendo un programa de dibujos animados en danés con una expresión de enternecedora perplejidad.

–¿Eso son vestidos?

–Pues claro, tonto –rió Phoebe–. ¿Y por qué estás viendo un programa en danés?

–Lo he visto en casa y ya sé lo que pasa.

–Venga, pequeñajo, ayúdame a elegir.

Dejando escapar un suspiro, Christian apartó los ojos de la televisión y, después de mirar atentamente los tres vestidos, señaló uno de ellos:

–El plateado.

–¿Tú crees?

Era un poco patético pedirle consejo de moda a un niño de cinco años, pero necesitaba hablar con alguien para controlar los nervios.

–Sí –respondió Christian que, harto de la charla sobre moda, volvió a concentrarse en los dibujos animados–. Es del mismo color que mi robot.

–Ah, pues ésa es tan buena razón como cualquiera.

Phoebe fue a cambiarse al cuarto de baño y, cuando se lo puso, la seda del vestido se deslizó sobre ella como plata líquida. Era engañosamente simple: dos estrechas tiras sujetando un corpiño con lentejuelas y una falda de seda que caía hasta los tobillos.

–Hace juego con tus ojos –dijo Christian cuando salió del baño.

–Ah, me alegro de que te hayas fijado.

–¿Has traído tus cosas del pelo?

El niño sabía que no le gustaba su pelo rizado y solía alisárselo con una plancha.

–No, se me ha olvidado. Leo tendrá que soportarme con estos pelos.

–¿Vas a cenar con Leo?

–Sí, vamos a cenar juntos mientras tú cenas con Frances.

–¿Vas a casarte con él?

–¡Christian! –exclamó Phoebe–. ¿Por qué preguntas eso?

El niño se encogió de hombros.

–No sé. Leo es simpático y yo no tengo un papá.

A Phoebe se le encogió el corazón.

–No sabía que quisieras uno.

Christian volvió a encogerse de hombros, como si no tuviera importancia. Pero ella se dio cuenta por primera vez de que tal vez su hijo deseaba tener un padre.

¿Podría serlo Leo?

Pero era absurdo, ridículo, no sabía por qué se le había ocurrido tal cosa. Leo la había invitado a cenar porque estaban en su país, en el palacio. Sencillamente se estaba portando como un buen anfitrión. Y sin embargo...

Ella deseaba mucho más. Durante los últimos cinco años había aparcado sus propios deseos para cuidar de Christian. Llevar su negocio y cuidar de su hijo había sido suficiente para ella.

Pero ya no lo era.

Quería más. Quería a Leo.

A las ocho en punto, Phoebe llevó a Christian al cuarto de los niños, donde Frances los recibió con una sonrisa.

–¡Qué guapa está! No tendrá una cita, ¿verdad?

–No, bueno... sólo voy a cenar con Leo.

–Pues páselo bien –sonrió la niñera–. Estoy segura de que será así.

Dejando a Christian en manos de la capaz niñera, Phoebe bajó al primer piso donde la esperaba un empleado del palacio para llevarla al comedor.

El hombre abrió la puerta y desapareció de inmediato. Como en el saloncito del consulado, había una chimenea encendida y una mesa puesta para dos. Pero las paredes de aquel comedor estaban forradas de madera y las ventanas ocultas por suntuosas cortinas de terciopelo granate.

Y, como en el consulado, Leo estaba de pie frente a la chimenea, con un traje de chaqueta, el pelo peinado hacia atrás. Tenía un aspecto atractivo y seductor y Phoebe lo deseaba como no había deseado nada en toda su vida.

Porque aunque la habitación era similar a la del consulado la situación ahora era muy diferente. *Ella* era diferente y también lo era Leo. Ya no sentía miedo y debía admitir que confiaba en él.

–¿De verdad tenía que ponerme este vestido?

–Yo esperaba que eligieras precisamente ése.

—En realidad lo ha elegido Christian –sonrió Phoebe–. Aunque todos eran preciosos.

—Pero el gris hace juego con tus ojos.

—Eso es lo que ha dicho mi hijo.

—Un chico listo –sonrió Leo, deteniéndose frente a ella, lo bastante cerca como para que pudiese tocarlo y, sin embargo, tan lejos.

Phoebe, nerviosa, tenía la impresión de que Leo podía ver a través de la tela del vestido...

—Tengo hambre.

Él sonrió y ella se puso colorada. No había querido decir eso, pero las palabras habían escapado de su boca.

—Yo también –murmuró él. Y Phoebe supo que no estaban hablando de comida–. Vamos a tomar una copa de vino.

Pero ella no necesitaba vino; ya se sentía borracha, mareada.

—Muy bien –murmuró, sin embargo.

Leo le ofreció una copa y levantó la suya.

—Por esta noche –brindó. Y esas palabras eran una promesa de lo que estaba por llegar.

Phoebe dejó que el líquido calentase su garganta. Se sentía ligera, como si no pesara nada, incapaz de pensar en algo que no fuera Leo. Sabía que no debería ser así. ¿No se había reunido con él para hablar del futuro de su hijo y de los planes del rey?

Pero todas las preguntas que quería hacer, todas las respuestas que pensaba exigir se esfumaron ante el deseo que sentía por aquel hombre.

—¿Nos sentamos? –sugirió él.

—Sí, claro.

–Permíteme –Leo apartó una silla para ella y Phoebe tuvo que tragar saliva.

–Algo huele muy bien –logró decir.

Leo levantó la tapa de una bandeja y el comedor se llenó de un delicioso aroma a romero y limón. Pero, aunque le sirvió una suculenta porción de pollo con espárragos frescos y patatas nuevas, Phoebe no era capaz de saborear nada, nerviosa como estaba al notar el roce de la rodilla de Leo bajo la mesa...

–Debo contarte una cosa –empezó a decir él entonces, dejando el tenedor sobre el plato–. El rey quiere convertir a Christian en su heredero.

Esa frase no tenía sentido para ella. Las palabras penetraron en la neblina de cerebro como moscas, haciendo círculos...

«El rey quiere convertir a Christian en su heredero».

–Pero eso es imposible –dijo por fin–. Anders abdicó y Christian no tiene derechos...

–El rey ha decidido cambiar las leyes sucesorias –la interrumpió Leo.

La neblina de deseo desapareció de repente bajo la cruel realidad. Si Christian era el heredero del rey Nicholas, entonces sería rey algún día. Rey de Amarnes. Viviría allí, su vida dedicada a la corona. Y ella... ¿cuál sería su papel?

La repuesta era evidente: ninguno.

Phoebe se levantó de la mesa, angustiada.

–¿Ése era el plan?

–Sí, aunque yo no lo sabía.

–No, claro, no podías saberlo. Porque si Christian es el heredero, entonces tú...

—Yo no seré rey —terminó Leo la frase por ella.

Lo había dicho sin entonación, sin emoción. ¿Qué estaría pensando, sintiendo?, se preguntó Phoebe. No tenía ni idea y eso la asustaba.

Las esperanzas que había tenido aquel día ahora le parecían ridículas, falsas. ¿Quién era aquel hombre?

—¿Estás disgustado?

—No puedo decir que la noticia no haya sido una desilusión para mí, pero si eso es lo que el rey desea, yo no puedo hacer nada.

—¿Y qué puedo hacer yo? —le preguntó Phoebe—. Yo no quiero que mi hijo sea rey... quiero que sea un niño normal, con una vida normal.

Pensó entonces en la abogada amiga de su madre. ¿Cómo se podía demandar a un rey? ¿Sería posible hacerlo?

—Me temo que eso es imposible.

—Pero no puede ser. Esto no es una dictadura... ¿no tenéis un Parlamento?

—Sí, pero me temo que el Parlamento hace lo que dicta el rey. Nicholas es, y ha sido siempre, un monarca con mucha personalidad.

—¿Y qué debo hacer yo? ¿Aceptarlo sencillamente? ¡Mi hijo no puede ser rey, Leo! Frances me ha contado cosas... me contó que tu propia madre tuvo que marcharse de aquí.

—Sí, es cierto.

—¿Y eso es lo que va a pasarme a mí? ¿El rey va a enviarme de vuelta a Nueva York o intentará comprarme de nuevo?

—No —dijo él, con calma—. Quería que te ofreciera dinero en Nueva York, pero nunca te hice la oferta.

—¿Qué?

—Me pidió que te ofreciera un millón de euros –le aclaró Leo–. Pero supe en cuanto te vi que no serviría de nada.

—¡Por supuesto que no!

Él se dio la vuelta para mirar por la ventana.

—Y es cierto, mi madre se marchó de aquí cuando yo tenía seis años... cuando Anders nació. Mi padre murió el mismo año y Nicholas estaba deseando librarse de mí. O al menos ponerme en mi sitio y, por supuesto, no podía hacer eso sin antes librarse de mi madre. Ya no la necesitaba para nada y quería tener el campo libre –Leo dejó escapar un largo suspiro–. De modo que la compró.

Phoebe lo miró, perpleja. No podía ver su cara, pero sentía su dolor llegando hasta ella como en oleadas.

—Lo siento mucho.

—Sólo la vi un puñado de veces después de eso y murió cuando yo tenía dieciséis años... de un enfisema pulmonar –Leo se volvió para mirarla–. Y yo no quería que lo que le pasó a mi madre te pasara a ti. Aunque fuese una orden del rey.

El corazón de Phoebe golpeaba dolorosamente contra sus costillas. Quería preguntarle qué había querido decir con eso, quería alguna esperanza, por pequeña que fuera, pero el futuro de Christian era demasiado abrumador.

—¿Y qué podemos hacer? –le preguntó–. No podemos... yo no puedo... –Phoebe se detuvo un momento para respirar–. No voy a dejar que me compren y no pienso abandonar a Christian.

–Lo sé, pero se me ha ocurrido una solución.

Luego se quedó callado, mirándola a los ojos, y Phoebe sintió que el mundo se detenía, como si todo hubiera llevado a aquel momento, a aquella posibilidad. Leo dio un paso adelante entonces, ofreciéndole su mano.

–Phoebe –le dijo– puedes convertirte en mi mujer.

Capítulo 8

PHOEBE miró a Leo, incrédula. Había esperado... algo, ¿pero aquello?

–¿Tu qué?

–Mi esposa –sonrió él–. Es muy sencillo.

–¿Ah, sí?

–Si te casaras conmigo podrías permanecer en Amarnes, en la vida de Christian. Tendrías un sitio aquí...

–Como reina de Amarnes.

–No, me temo que no. Yo perdería el título de heredero... pero sigo siendo el duque de Larsvik. Y, por lo tanto, tú serías la duquesa de Larsvik.

–Ah, vaya, qué desilusión –exclamó Phoebe, irónica.

–Pues lo siento –sonrió Leo.

–Mira, no...

–¿Hay alguna razón para que me rechaces?

Ella negó con la cabeza. Había demasiadas razones para nombrarlas todas. Y, sin embargo, también sentía el deseo de decir que sí. ¿Pero cómo podía hacer aquella locura?

–¿Qué es esto, una especie de boda por compasión?

—¿Te parezco la clase de hombre que se casaría por compasión?

—No pareces la clase de hombre que se casaría y punto.

Leo asintió con la cabeza.

—Tal vez, pero siempre he sabido que algún día tendría que casarme. Es lo esperado.

—¿Y se supone que así debo sentirme mejor?

—Es la verdad. Además, nuestro matrimonio ayudaría a estabilizar la monarquía. Un rey niño...

—Nicholas no está muerto todavía —lo interrumpió Phoebe.

—Pero Christian sólo tiene cinco años y no me gustaría verlo a merced de un regente que no quisiera lo mejor para él.

—¿Y tú sí querrías lo mejor para él?

—Por supuesto.

Aquello era demasiado. Reyes, reinas, regentes, duquesas... Phoebe sentía como si estuviera en un cuento de hadas.

¿Tendría un final feliz?

—¿Cuál es tu respuesta?

—Tú y yo no nos queremos, Leo.

—No, pero nos llevamos bien y disfrutamos de la compañía del otro. ¿Quién sabe qué podría haber entre nosotros en el futuro?

¿Estaba diciendo que podría amarla?, se preguntó ella, con el corazón lleno de esperanza.

No, era una locura. No podía casarse con Leo. Unos días antes ni siquiera le gustaba. Lo odiaba y no confiaba en absoluto en aquel cínico play boy...

Pero Leo ya no era ese hombre. Durante los últimos días le había parecido otra persona. Phoebe se dio la vuelta para mirar los jardines de palacio brillando bajo la luna.

–¿Y cómo se tomaría tu tío la noticia?

–No tendría más remedio que aceptarlo.

–¿De verdad? No parece la clase de persona que sencillamente acepta las cosas que no le gustan.

–No, desde luego que no. Pero no podrá hacer nada contra un certificado de matrimonio.

–Podría hacernos la vida imposible.

–No se lo permitiré –afirmó Leo, dando un paso adelante–. Y tampoco permitiré que controle a Christian...

–No, por Dios.

La idea de que un hombre así pudiera manejar a su hijo, convertirlo en alguien que no era, la ponía enferma.

Christian era el heredero al trono de Amarnes. No podía ser, era increíble.

Leo dio otro paso hacia ella con los ojos brillantes y Phoebe dio un paso atrás, asustada de repente. Temiendo rendirse si la tocaba. No podría resistirse en absoluto y, aunque unos minutos antes estaba deseando, ahora todo había cambiado.

–Como mi esposa y duquesa de Larsvik, tendrías una posición respetable, seguridad –le dijo, poniendo las manos sobre sus hombros–. Si no te casas conmigo... ¿dónde vivirías? ¿Qué harías? Por mucho que intentases estar con Christian, si el rey te lo permitiese, acabarías convirtiéndote en una extraña. Nicholas aprovecharía cualquier oportunidad para debilitar tu posición y tu relación con el niño.

–Esto no puede estar pasando... –murmuró ella.
–Pero así es.
–Tu madre estaba casada y no le sirvió de nada.
–Era una mujer viuda, joven y sola. Tu situación... nuestra situación es muy diferente.
–¿Lo es?

Leo bajó las manos para acariciar sus pechos por encima de la tela del vestido.

–Tú sabes que sí.

Phoebe cerró los ojos, atormentada.

–No... ya no sé nada.

Leo puso un dedo sobre sus labios y ella se dio cuenta de que había abierto los labios, que estaba besando ese dedo...

–Di que sí, Phoebe.

–Yo... –incluso envuelta en esa neblina de deseo Phoebe vaciló, desesperada por un beso suyo.

Pero no la besó; sencillamente trazó la línea de su mentón con el dedo, el roce incendiando su sangre.

–¿No ves lo maravilloso que podría ser entre nosotros?

Y de algún sitio Phoebe encontró fuerzas para decir:

–Sexo, sólo sexo.

–¿*Sólo* sexo? –repitió él, riendo–. No has debido tener muy buenos amantes si dices eso.

No, no los había tenido. Porque nunca había sentido lo que sentía estando con Leo, como si le quemara todo el cuerpo, su mente concentrada en un solo punto, en una sola necesidad.

«Bésame».

–Tú sabes lo que quiero decir –murmuró.

Seguía acariciándola, sus dedos bajando hacia su garganta, hasta su escote...

Un gemido escapó de su garganta; un gemido tan revelador que Leo inclinó la cabeza para buscar su boca.

Sus labios eran a la vez duros y suaves, pensó; fríos y cálidos al mismo tiempo. Una excitante mezcla de contradicciones, como el propio hombre. Pero después, envuelta en sensaciones, la boca de Leo moviéndose sobre la suya, tan dulce, tentadora y maravillosa, Phoebe dejó de pensar.

Apartando las solapas de su traje, metió las manos para acariciar sus hombros por encima de la camisa, la seda de la prenda el único obstáculo para tocar su piel... esa piel que tanto deseaba acariciar.

Y Leo también debía desearlo porque, dejando escapar un gemido ronco, inclinó la cabeza para besar apasionadamente su hombro desnudo, bajando luego por su escote, apartando la tela del vestido para acariciar sus pechos con manos ansiosas...

Phoebe escuchó un estruendo de porcelana y cristal cuando Leo apartó los platos de un manotazo para sentarla sobre la mesa.

Había algo perverso y decadente en esa posición; el vestido sobre los muslos, las piernas enredadas en la cintura de Leo como si estuviera ofreciéndose, abierta para él...

¿Cómo había ocurrido?

Phoebe enredó los dedos en su pelo cuando se inclinó sobre ella, deseando sentirlo dentro...

Cuando ocurrió dejó escapar un gemido de sorpresa, su cuerpo por fin unido al de Leo, como si estuvieran hechos el uno para el otro. Sentía como si hasta aquel momento le hubiera faltado una pieza crucial de sí misma y por fin estuviera completa.

Leo la miraba a los ojos mientras se movía y Phoebe sostuvo su mirada. No dijeron una sola palabra. Aquello era más necesario, más elemental que las palabras. Y más significativo.

Porque nunca había sentido algo así; aquel deseo desesperado satisfecho al fin. Y cuando saciaron su deseo sintió una nueva esperanza, una trémula alegría. Aquello no era sólo sexo. Era lo que quería, lo que necesitaba; era la forma más pura de comunicación entre un hombre y una mujer.

Leo miró el rostro de Phoebe, sus mejillas encendidas y sus labios hinchados, enmarcados por aquella masa de rizos. Estaba preciosa... y era suya.

Él la había hecho suya.

Experimentaba un deseo posesivo mientras la miraba, tumbada sobre los restos de la cena, aunque no había querido que fuera así. Él quería una cena romántica con velas, una cama suave... pero no había podido esperar. Desde que la tocó había perdido la razón, había dejado de pensar de manera racional. Y no había sido sólo sexo, pensó. Porque a pesar de la urgencia, cuando hizo el amor con Phoebe, una pieza de sí mismo, la más necesaria, había caído en su sitio.

Leo se apartó entonces, turbado por tales pensamientos, y Phoebe se incorporó, bajándose el vestido con manos temblorosas.

Leo sabía que debía decir algo, hacer algo además de arreglarse la ropa y pasarse las manos por el pelo, sus movimientos tan temblorosos como los de Phoebe. Debería tomarla entre sus brazos y disfrutar sabiendo que su plan había funcionado.

Pero no podía hacer nada.

–Leo...

Él se volvió para mirarla.

–¿Sí?

Phoebe lo miraba nerviosa, apartándose el pelo de la cara.

–Christian... Christian sólo podría ser el heredero porque es el hijo de Anders.

–Por supuesto –dijo él, sorprendido.

–Su heredero legítimo –insistió ella.

–Naturalmente. He visto el certificado de matrimonio...

–Lo sé, pero... –Phoebe se pasó la lengua por los labios, nerviosa. Era algo en lo que había pensado de repente, como una iluminación.

–¿Qué quieres decirme?

–Christian... –empezó a decir ella entonces, llevando aire a sus pulmones–. Christian no es mi hijo.

Capítulo 9

PHOEBE no podía leer la expresión de Leo y no estaba segura de querer hacerlo.

Incluso ahora no estaba segura de si debía haberle confesado la verdad, el secreto que había guardado desde que los dos agentes del gobierno de Amarnes aparecieron en su puerta.

Pero era algo que debía contarle, algo en lo que había pensado cuando Leo le dijo que Nicholas quería convertir a Christian en el heredero.

¿Había hecho bien en contárselo?, se preguntó. ¿Usaría Leo esa información contra ella? Pero no, no podía ser. Acababan de hacer el amor, Leo le había pedido que se casara con él...

Y, sin embargo, ahora no habría ninguna razón para casarse. Leo podría echarse atrás.

–¿Qué estás diciendo? –murmuró él por fin.

Phoebe tragó saliva, sabiendo que tendría que contarle toda la verdad.

–Christian no es mi hijo –repitió–. Lo adopté legalmente cuando tenía tres semanas.

–¿Es hijo de Anders?

–Sí, por supuesto que sí. Sólo hay que mirarlo... se parece tanto a él. Pero puedes hacer una prueba de ADN si tienes alguna duda.

Leo soltó una carcajada.

—No hay ninguna necesidad de hacerla si no es hijo legítimo de Anders. Pero será mejor que me lo cuentes todo.

—No hay mucho que contar. Anders tuvo una aventura con una camarera en París antes de que nos conociéramos y no supo nada sobre embarazo, sobre Christian, hasta después de que nos casáramos. La chica acudió a él, a nosotros, porque no quería quedarse con el niño —Phoebe vio una mueca de desprecio en el rostro de Leo—. No debes despreciarla. Si puedes sentir compasión por tu madre, a quien obligaron a dejarte, debes tenerla también para esa pobre chica. Era muy joven, diecinueve años, creo, y una extraña en París. No podía volver a casa con un hijo porque su familia no lo hubiese aceptado y no tenía dinero para mantenerlo...

—¿Por qué no le pidió dinero a Anders? Podría haber pedido una pensión alimenticia.

—Tal vez no sabía de esas cosas, ya te digo que era muy joven. O tal vez conocía a Anders lo suficiente como para saber que no podía confiar en él —Phoebe suspiró, recordando el miedo en el rostro de la chica—. En cualquier caso, quería que nos quedásemos con Christian y volver a su casa. Y para mí fue maravilloso adoptar al niño.

—¿Después de unas semanas de matrimonio? Menuda luna de miel.

—No, no fue fácil. E imagino que fue entonces cuando Anders empezó a alejarse de mí. Casado y con un hijo que no esperaba... en fin, no era lo que quería.

—De modo que se marchó.
—Sí.
—Y tú te quedaste con el niño.
—Sólo había tenido a Christian durante unas semanas, pero ya estaba loca por él —Phoebe respiró profundamente—. Y debes saber que también yo soy adoptada. Mi madre biológica era una chica muy joven, una adolescente sin dinero ni recursos. Mi madre adoptiva trabajaba como voluntaria en un centro de acogida y decidió quedarse conmigo —suspiró—. Era una mujer soltera y me crió sola, pero tuve una infancia muy feliz, así que pensé que yo podría hacer lo mismo por Christian... y creo que lo he conseguido.

Leo se pasó una mano por el pelo.

—Todo eso es admirable —empezó a decir, con un tono cínico que a Phoebe no le gustó nada.

—No te lo conté antes porque tenía miedo de que el rey lo usara para quitarme al niño. Pero si de verdad sólo está interesado en Christian como heredero...

—Así es. Pero deberías habérmelo contado antes.

—Antes —repitió Phoebe, que acababa de entender a qué se refería—. ¿Por qué? —pero al hacer la pregunta se dio cuenta de que sabía la respuesta—. Sólo has hecho el amor conmigo para que me casara contigo. Todo esto, la cena, las velas... no era más que un deliberado intento de seducción.

Leo no dijo nada.

—Y la pista de patinaje... lo amable que has sido durante estos días...

Todo había sido deliberado, planeado para convencerla, para engañarla. Phoebe miró los jardines del palacio. La luz de la luna iluminaba la estatua de un ángel, un brazo elevado sobre la cabeza, su rostro tan inexpresivo como el de Leo.

–¿Por qué? –susurró–. ¿Por qué has hecho eso? ¿Era una venganza?

–No, claro que no –dijo Leo entonces, su rostro tan inexpresivo como lo había sido seis años antes, cuando le preguntó cuánto dinero quería para que dejase a Anders.

Era el mismo hombre, pensó entonces, angustiada.

–Que algo sea planeado no lo hace menos auténtico.

Phoebe lo miró, incrédula.

–¿Tú crees?

–Phoebe...

–Todo lo que has hecho ha sido previamente calculado. Tu amabilidad con Christian... absolutamente todo.

–No exageres...

–¡No estoy exagerando! Has puesto mi vida patas arriba en veinticuatro horas sin pensar ni en mí ni en mi hijo. La única persona en la que creí que podía confiar... resulta que ha estado engañándome desde el principio.

Leo dejó escapar un suspiro de impaciencia.

–Aunque creas que estaba manipulándote, lo he hecho por tu bien.

–¡Por mi bien! Muchas gracias, pero prefiero que la gente sea sincera conmigo.

–¡Y tú hablas de sinceridad! Te recuerdo que te has guardado para ti misma los detalles del nacimiento de tu hijo. Yo diría que ése es un detalle importante.

–¿Y qué querías que hiciera? Dos funcionarios del gobierno de Amarnes aparecieron en mi casa exigiendo que fuera con ellos...

–Muy bien, de acuerdo, pero tampoco a mí me lo has contado. Está claro que tampoco confiabas en mí.

Parecía increíble que unos minutos antes hubieran hecho el amor. Se habían mirado a los ojos mientras unían sus cuerpos y ella había sentido que lo conocía como no conocía a ninguna otra persona. Y ahora...

–¿Por qué crees que intenté hacerme amigo tuyo? Para que mi propuesta de matrimonio no te pareciese una locura.

–Estabas intentando hacer que me enamorase de ti.

–Pero no ha funcionado, por lo visto –Leo se dio la vuelta, con las manos en los bolsillos del pantalón.

Pero así había sido, pensó ella, desconsolada. O casi. Había estado a punto de enamorarse de Leo. Incluso había estado a punto de aceptar su petición de matrimonio, pero no por conveniencia sino por amor.

–Entonces ya no hay razón para que nos casemos –murmuró, intentando que su voz sonara firme.

–En realidad, sí.

–¿De qué estás hablando?

–Acabamos de hacer el amor... sin protección –dijo Leo entonces–. Yo no he usado un preservativo y como tú no tienes ninguna relación, imagino que no tomas la píldora.

–No, no la tomo.

No tenía razón alguna para tomar la píldora y Leo lo sabía. Había estado investigándola, después de todo.

–¿Eso también era parte de tu plan?

–No –respondió él, sus mejillas tiñéndose de un tono oscuro–. No era parte de mi plan, pero el hecho es que ha ocurrido, de modo que existe una posibilidad de que hayas quedado embarazada.

–Una posibilidad muy pequeña diría yo.

–Pero real.

Sí, era verdad, existía la posibilidad de haber quedado embarazada porque estaba en la mitad de su ciclo.

–Pero aunque así fuera...

–Tu hijo sería mi heredero.

–¡Estoy harta de oír hablar de herederos! –exclamó Phoebe entonces–. El niño no sería legítimo...

–Sí lo sería –la interrumpió Leo.

–¿Tú querrías este niño... si existiera?

–Sería mi heredero –repitió él.

–La noticia que te he dado debería alegrarte. Si Christian no puede heredar el trono, entonces tienes que heredarlo tú.

–Sí, claro.

–Pero tendrás que contárselo al rey y él... podría intentar quitarme a mi hijo –Phoebe se llevó una mano al corazón.

–Parece que no lo habías pensado bien.

–¡Claro que no lo había pensado! En las últimas

cuarenta y ocho horas he tenido que dejar mi país a toda prisa, me he encontrado con una situación inesperada detrás de otra... ya no sé qué pensar.

–No creo que Nicholas tenga mucho interés en Christian cuando sepa la verdad sobre su nacimiento –dijo Leo entonces.

–Y supongo que yo debería alegrarme.

–Por supuesto.

–De modo que, aunque es de la familia, ninguno de vosotros quiere saber nada de él.

–Pensé que se trataba de que *tú* quisieras saber algo de nosotros.

Los dos se quedaron en silencio durante unos segundos, el único sonido el del viento moviendo las contraventanas y el crepitar de los troncos en la chimenea.

–Pero hasta que sepamos si estás embarazada tienes que quedarte en Amarnes. Y si resulta que esperas un hijo mío, nos casaremos –dijo Leo entonces, con expresión implacable.

Ya no había más fingimientos, pensó Phoebe, sólo la cruda verdad.

–Yo no estoy hecha para ser reina. No lo estaba antes y no he cambiado.

–Pero ésa es mi decisión.

–¿Y yo no tengo nada que decir?

–Si estás esperando un hijo mío, me temo que no.

Su hijo, su heredero, era lo único que importaba. No tenía nada que ver con ella. ¿Habría querido Leo casarse con ella para tener control sobre Christian, el futuro rey? ¿Para salvaguardar sus propios intereses?

–Me voy a dormir –dijo Phoebe entonces.

–Muy bien. Hablaremos mañana.

Ella asintió, demasiado cansada y dolida como para discutir. Tenía que escapar de aquella habitación cuanto antes.

–Buenas noches –susurró.

Leo la miró, en silencio, y Phoebe se quedó inmóvil, como si estuviera sujetándola, mientras veía cómo se oscurecían sus ojos...

–Buenas noches.

Una vez en su habitación, con Christian dormido en la otra, Phoebe se tumbó en la cama, viendo cómo la luna hacía sombras sobre el suelo. ¿Habría sido demasiado dura con Leo al acusarlo de ser un manipulador? Tal vez había hecho aquello por su bien...

No, la había engañado, se dijo. Aunque eso ya no importase. No había ninguna razón para casarse con él, ninguna razón para mantener una relación.

A menos que estuviera embarazada.

Phoebe se llevó una mano al abdomen, imaginando un diminuto bebé empezando a crecer en su útero...

Aunque era completamente absurdo, claro.

¿De verdad quería estar embarazada? ¿Quería que creciese una vida en su interior, parte de ella, parte de Leo, para convertirlos en una familia?

¿Cómo podía querer eso?

«Quiero que Leo sea el hombre que ha sido durante estos últimos días. Quiero que me quiera... como lo quiero yo».

¿Cómo podía amarlo? Un hombre al que una vez había odiado... ¿o ésa había sido una manera de protegerse? Durante seis años había sentido una irresistible fascinación por él...

Y ahora lo amaba. Amaba al hombre que se había mostrado amable con ella, compasivo, apasionado y dulce con Christian.

Phoebe cerró los ojos, desesperada porque llegase el sueño para rescatarla de aquellos pensamientos.

Amaba a Leo, al Leo que había conocido aquellos días, pero pensar que todos sus actos, sus palabras, sus caricias, todo había sido planeado deliberadamente era demasiado horrible. Ella quería que la amase, pensó, y el amor no era manipulador o planeado... sencillamente era.

—El rey está durmiendo.

Leo miró el rostro impasible del soldado que guardaba la puerta y se encogió de hombros.

—Muy bien. Hablaré con él por la mañana.

La noticia que tenía que darle sobre Christian podía esperar. Una parte de él quería restregarle su victoria por la cara, pero era un impulso infantil y lo contuvo. La información que Phoebe le había dado era demasiado valiosa... y peligrosa.

De modo que volvió a su habitación, sus pasos silenciosos sobre la alfombra.

Sabía que debería sentirse victorioso. Le había ganado a Nicholas y el rey aún no lo sabía. Había ganado la pelea más importante y podía olvidar todos esos años de penas, de soledad, de ser ignorado y descartado. Porque iba a ser el rey.

Y no se casaría con Phoebe.

¿Por qué se sentía tan vacío, tan decepcionado?

Había disfrutado esos días con ella y con Christian, pensó entonces. Y cuando Phoebe y él estaban solos... Leo cerró los ojos para recordar el brillo de sus ojos grises, como dos pozos de deseo.

Y quería verlo otra vez. La quería para siempre.

Leo lanzó una imprecación mientras entraba en su suite. Pero estaba a oscuras y en la oscuridad el viejo demonio de la culpa se alzó de nuevo.

«He trabajado mucho para conseguir esto».

Casi podía oír a Nicholas insultándolo: «que tú fueses el heredero era una aberración».

Y lo era. Él no había nacido para ocupar el trono o para casarse con Phoebe. Casarse con ella sería un crimen. El acto de un canalla que se había colado como un ladrón en su corazón, llevándose lo que no era suyo.

¿Pero y si Phoebe esperaba un hijo suyo? ¿Y si se convertía en rey? Entonces, pensó amargamente, tendría todo lo que deseaba... y no se lo merecería en absoluto.

Capítulo 10

A LA MAÑANA siguiente, Phoebe llevó a Christian al cuarto de los juguetes para desayunar. Tal vez por un instintivo deseo de evitar a Leo y al rey, para protegerse a sí misma.

La habitación estaba llena de luz, las cortinas apartadas para dejar entrar el frío sol escandinavo. En cuanto Frances los vio entrar pidió el desayuno, mirando las ojeras de Phoebe y su pálido rostro.

–¿Qué tal la cena anoche? –le preguntó, tan directa como de costumbre.

–Bien –contestó ella. Pero se había puesto colorada y la niñera lo notó.

Desesperada por cambiar de conversación, Phoebe miró alrededor buscando algún juguete para Christian.

–Me sorprende que hayan conservado esta habitación tal y como estaba durante tantos años.

–Leo y Anders fueron los últimos niños en palacio –dijo Frances.

Y Phoebe los imaginó allí, uno rubio, el otro moreno. Uno mimado, el otro ignorado. Baldur y Hod.

Pero entonces se encontró preguntándose a sí misma quién era quién.

–¿Y usted ha seguido aquí durante todos estos años, Frances?

–No, no. He sido profesora de guardería en Njardvik. Mi marido era de aquí y cuando murió decidí quedarme –contestó la mujer–. Me llamaron la semana pasada para que cuidase de este pequeñajo –dijo luego, señalando a Christian–. Ahora el palacio se llenará de risas infantiles otra vez. Y me temo que todo el país estaba esperándolo.

–¿El rey la contrató?
–No directamente.
–¿Durante cuánto tiempo?
Frances se encogió de hombros.
–Indefinidamente. Hasta que el niño crezca, imagino.

Phoebe asintió con la cabeza. No debería sorprenderla; el rey Nicholas quería que Christian se quedase en Amarnes. Pero eso le recordó que Leo ya lo sabía. Lo había sabido en Nueva York, cuando fue a buscarla prometiéndole dos semanas de vacaciones. La había engañado y después la había seducido para convencerla de que se casara con él, para proteger y controlar al heredero al trono. Su trono.

Todo era tan evidente que resultaba horrible y, sin embargo, Phoebe no quería creerlo. Quería creer en el Leo del que se había enamorado, pero él prácticamente había admitido la farsa.

Una criada entró entonces con el desayuno: leche calentita, chocolate y un *kringle* danés.

–¿Dónde está Leo? –preguntó el niño.
–No lo sé, cariño.
–Pero ayer dijo que iríamos a montar en trineo.
–¿Ah, sí?
Más promesas, otra manera de ganárselos. An-

gustiada, Phoebe se dio cuenta de que debía proteger el corazón de Christian tanto como el suyo propio. ¿Y si el niño se encariñaba con Leo? Aunque su futuro era incierto, seguía existiendo la posibilidad de que volvieran a casa unos días después. Y de que no viesen a Leo nunca más.

—Yo creo que hoy estará ocupado. Los príncipes trabajan, cariño.

Christian arrugó la nariz.

—¿Y qué hacen?

—Pues... muchas cosas —Phoebe pensó en el proyecto de Leo para los refugiados.

«Es fácil ser admirable cuando se tiene dinero para serlo».

No, pensó ella. No era así. Anders nunca se había preocupado por nadie y tampoco lo hacía el rey Nicholas. Anders y su padre eran caprichosos, superficiales y petulantes. Leo no lo era.

O eso quería creer ella.

—Mamá... —Christian interrumpió sus pensamientos.

—Dime, cariño.

—¿Podemos ir a montar en trineo de todas formas?

Su hijo la miraba lleno de ilusión y eso la emocionó. Se había esforzado tanto para darle todo lo que necesitaba desde que lo pusieron en sus brazos. Y, sin embargo, ahora el miedo atenazaba su corazón.

—No lo creo, cielo. Me parece que el príncipe Leopold está muy ocupado.

—Pero yo quiero verlo.

—Tal vez más tarde.

Christian hizo un puchero... antes de erguir los hombros y asentir con la cabeza, como un hombrecito. Evitada la crisis, Phoebe sintió que la invadía la tristeza al pensar en lo que su hijo quería... en lo que ella no se había dado cuenta de que echaba de menos.

—Tome un café, señora Wells.

—Ah, gracias, Frances.

—Espero que Leo pueda llevarlos a montar en trineo. Hoy va a nevar.

—Imagino que tendrá cosas que hacer.

—Sí, claro —asintió la niñera—. Ya se habrá dado cuenta de que Nicholas es el rey sólo de nombre. Se está haciendo mayor y sufrió un infarto el año pasado... Leo se encarga del trabajo diario.

Phoebe la miró, sorprendida.

—¿Ah, sí?

—Y la gente lo adora. Es una persona afectuosa, algo que Nicholas no ha sido nunca. Es como Havard, su padre —Frances hizo una mueca—. Nicholas siempre ha estado resentido contra él... pero ya se lo he contado e imagino que lo habrá visto usted misma.

—En realidad, aún no conozco al rey. Sabía que estaba resentido con Leo, pero no sabía que Leo se hubiera hecho cargo de su trabajo.

—Nicholas sigue supervisándolo todo, naturalmente —suspiró Frances—. Y mantiene al príncipe bien sujeto, pero así es el rey. Aun así, Leo ha hecho muchas cosas: un nuevo hospital en Njardvik con un ala para investigación de enfermedades pulmonares, por ejemplo. También trabaja para algunas organizaciones benéficas y últimamente ha conseguido que se endurezcan las penas para los conductores borrachos.

Phoebe recordó que la madre de Leo había muerto de un enfisema pulmonar. Y endurecer las penas para los conductores borrachos... por la muerte de Anders, pensó.

–Sí –dijo Frances entonces–. Algún día será un buen rey.

Evidentemente, la niñera no sabía nada sobre los planes de Nicholas. Y se alegraba. Ojalá nadie supiera nada y pudiesen volver a Nueva York cuanto antes.

–¡Leo!

El grito de Christian sobresaltó a Phoebe. Pero cuando por fin se volvió, la expresión de Leo no era fría como había esperado. Estaba sonriendo y eso la hizo sentir un ridículo alivio.

–Hola, Christian. Yo también me alegro de verte, chico.

Frances se dedicó a limpiar la mesa del desayuno mientras Phoebe se levantaba para saludarlo.

–Hola.

–Hola –murmuró Leo.

Ninguno de los dos dijo nada más, pero se miraron a los ojos, los dos recordando la noche anterior, hasta que Christian tiró de su magna.

–Ayer dijiste que iríamos a montar en trineo.

–Christian...

–Pues eso es lo que vamos a hacer –sonrió Leo.

–¿En serio? Mi mamá me dijo que no podías porque estabas muy ocupado.

–Estoy muy ocupado, pero he decidido tomarme unos días libres para ir a un chalé en las montañas.

–¿A un chalé? –repitió Phoebe, sorprendida.

—Sí, es un sitio muy tranquilo —sonrió Leo—. Creo que sería buena idea alejarse del palacio y de la prensa —añadió, en voz baja, ofreciéndole un periódico.

Phoebe leyó el titular: *Misterioso niño en palacio*, con una fotografía de los tres patinando.

—Oh, no.

—Tenía que pasar tarde o temprano —Leo guardó el periódico en el bolsillo—. Pero cuantas menos especulaciones haya, mejor para todos. Prefiero estar en otro sitio.

—¿Ah, sí? —Phoebe estaba sorprendida.

Ella imaginaba que Leo querría estar en el centro de todas aquellas especulaciones, controlándolo todo. ¿Pero qué tenía que controlar? Christian ya no era una amenaza para él, de modo que podía relajarse.

Y también debería hacerlo ella, si no se sintiera tan insegura.

—El chalé está a una hora de aquí —siguió Leo—. Podemos ir los tres solos, a menos que tengas alguna objeción.

—No, no. Me parece bien.

—¡Sí! —exclamó Christian—. ¡Vamos a montar en trineo los tres!

Leo acarició su pelo.

—Eso mismo digo yo.

Estaba jugando a un juego muy peligroso, pensaba Leo mientras salía de la habitación. Debería distanciarse de Phoebe, de la esperanza que ella representaba, de la ilusión de tenerlo todo, de tenerla a ella.

Pero había fracasado a la primera oportunidad. Llevaba varias horas intentando concentrarse en el trabajo, pero no dejaba de pensar en ella, deseando hacer el amor otra vez...

Y entonces vio el periódico. El maldito periódico con sus noticias y sus rumores. Y con sus verdades. Había un misterioso niño en palacio, desde luego.

Ni siquiera tenía un plan cuando fue a buscar a Phoebe. Había ido al cuarto de los juguetes por instinto, imaginando que la encontraría allí. Pero cuando dijo lo del chalé se sorprendió a sí mismo tanto como a ella. Se le había ocurrido en el último minuto, no había sido premeditado. Aunque ir al chalé a pasar unos días sería casi como una luna de miel...

Christian se había mostrado tan encantado que ya no pudo echarse atrás. Y cuando Phoebe lo miró se dio cuenta de que también deseaba aquello, a los dos, una familia.

Unos días nada más, se decía a sí mismo. Sólo unos días...

Y luego todo terminaría.

Phoebe y Christian volverían a Nueva York y no se verían nunca más. Tal vez los visitaría en alguna ocasión ya que Christian seguía siendo pariente suyo, pero tarde o temprano dejaría de hacerlo y volvería a encontrarse solo.

A menos que Phoebe estuviera embarazada.

Leo no quería ni pensar en esa posibilidad, no quería hacerse ilusiones. Un hijo, su hijo y de Phoebe. ¿Pero y si Phoebe no quería casarse con él? ¿Y si veía el niño como una condena y no como una oportunidad para estar juntos?

Él lo quería todo, el trono, el niño, a su reina.

«No te lo mereces».

Daba igual.

Media hora después, Phoebe y Christian esperaban a Leo en el vestíbulo del palacio.

–¿Dónde está todo el mundo? –preguntó el niño en voz baja.

Phoebe se encogió de hombros.

–No lo sé, cariño. Creo que el rey está durmiendo... parece que ayer lo dejaste agotado.

–Está cansado porque es viejo –dijo Christian, con infantil sinceridad–. ¿Dónde está Leo?

–Vendrá enseguida, ya lo verás.

–Aquí estoy.

–¡Leo! –Christian se volvió hacia su tío, que bajaba por la escalera en vaqueros y con una gruesa parka.

–El Land Rover está aparcado en la puerta, pero habrá que darse prisa si queremos llegar al chalé antes de que empiece a nevar.

Unos minutos después, con Christian en el asiento de atrás, tomaban una carretera flanqueada por grandes álamos.

Phoebe no intentó entablar conversación porque, a pesar de que Leo se mostraba muy cariñoso con el niño, notaba que estaba tenso. Casi tan tenso como ella.

Media hora después, Leo tomó una carretera vecinal que llevaba a la montaña. Phoebe vio unos cuantos chalés desperdigados entre los árboles, pero aparte de eso no había más signos de vida.

El cielo azul de la mañana había sido reemplazado por un cielo plomizo que amenazaba nieve y cuando estaban atravesando una verja de hierro forjado, los primeros copos empezaron a caer.

Era perfecto, pensó, mientras salían del coche. El chalé, una estructura de madera con balcones y persianas de color verde, estaba construido sobre una gran roca y parecía una casita de cuento.

La nieve crujía bajo sus botas mientras iban hacia la entrada, Christian corriendo delante de ellos. Y una vez en el interior, Phoebe se llevó una sorpresa. Aunque por fuera parecía un sencillo chalé de montaña, el salón tenía un techo altísimo con vigas de madera, una enorme chimenea de piedra y una pared de cristal desde la que podían ver el magnífico paisaje.

–Es asombroso –murmuró, mientras Leo entraba con las maletas.

–Me alegro de que te guste.

–¿Estamos solos aquí?

–No del todo. Grete y Tobias son los guardeses cuando la familia real no viene por aquí.

–¿Y cuando vienen por aquí?

Leo se encogió de hombros.

–Mi tío suele venir rodeado de gente.

–Pero tú no –observó ella. Christian tiró de su manga entonces, desesperado por montar en el trineo.

–No me apetece tener un montón de empleados vigilándonos. Grete seguramente estará por ahí, arreglándolo todo.

–En realidad, estaba haciendo *julestjerner* –una sonriente mujer de pelo gris apareció entonces con una bandeja de bizcochos–. Y Tobias está fuera, comprobando que el trineo esté preparado.

–Hola, Grete.

–Hace siglos que no teníamos niños por aquí –dijo ella, dejando la bandeja sobre la mesa–. Me alegro de volver a verte, Leo.

Él la abrazó, mostrando con ese gesto un genuino afecto.

–Yo también. Siento mucho no haber podido avisar con más tiempo.

–Contigo no necesitamos avisos.

Phoebe observaba la conversación con sorpresa y curiosidad. Leo hablaba con la mujer como si fuera de su familia y Grete lo miraba como si fuera un hijo. Y se preguntó si aquella mujer habría sido una especie de segunda madre para él.

–Me alegro mucho de conocerla. Mi hijo anda correteando por ahí...

–Seguro que habrá encontrado el cuarto de juegos –sonrió Grete– . Pero volverá cuando huela los bizcochos. Los niños intuyen esas cosas.

Y Christian debía haberlo intuido porque apareció como una tromba en ese momento.

El marido de Grete, Tobias, apareció poco después y todos se sentaron alrededor de la chimenea para tomar *julestjerner* y chocolate caliente. Y Phoebe se sintió relajada de verdad por primera vez desde que llegó a Amarnes.

Después, Christian volvió al cuarto de juegos y Grete llevó a Phoebe arriba para mostrarle su habitación, decorada en tonos azules y verdes, con la chimenea encendida y la nieve cayendo al otro lado de la ventana...

−Es un sitio mágico.

−Sí, lo es −asintió la mujer.

Phoebe se apoyó en el marco de la ventana, viendo cómo la nieve cubría los álamos poco a poco. Se alegraba de haber ido allí; era como un respiro de la incertidumbre de palacio. Aunque sólo fuesen unos días.

Con Christian ocupado en el cuarto de juegos, intentó leer un libro o dormir un rato, pero no era capaz de concentrarse, de modo que se sentó frente a la ventana para ver la nieve, oír el crepitar de los leños en la chimenea... y echar de menos a Leo.

Al ver cómo trataba a Grete y Tobias había vuelto a ver al Leo del que se había enamorado... el hombre en el que quería creer.

El hombre en el que *creería*, pensó entonces. ¿No eran el amor y la confianza una decisión? Una decisión que ella podía tomar. Por su hijo, por ella misma.

Quería hacerlo, pensó. Lo quería todo: amor, pasión, felicidad. Y lo quería con Leo.

Pero no podía arriesgarse. No debía creer en él cuando todo podía ser una manipulación para hacerse con la corona.

−Hola.

Leo estaba apoyado en el quicio de la puerta y el brillo de vacilación que vio en sus ojos hizo que su corazón latiese más aprisa.

−Le he dicho a Grete que este sitio es mágico. Gracias por traernos aquí.

—De nada —él entró en la habitación, con las manos en los bolsillos de los vaqueros. Pero, a pesar del aspecto despreocupado, Phoebe veía que estaba tenso, como si también él se diera cuenta de que se sentían incómodos el uno con el otro.

¿Quiénes eran ellos dos? ¿Qué podían ser el uno para el otro?

Phoebe se aclaró la garganta.

—¿Solías venir aquí cuando eras niño?

—A veces —Leo miró por la ventana—. Siempre que podía —añadió, como una confesión.

—Parece que te llevas muy bien con Grete y Tobias.

—Son como una familia para mí. Mejor que una familia.

«Nosotros podemos ser tu familia», quería decirle Phoebe. «Me tienes a mí, no estás solo». Pero no podía decirle eso.

—Ya hay mucha nieve, creo que es hora de llevar a Christian a montar en trineo —dijo él entonces—. ¿Quieres venir con nosotros?

Phoebe asintió. En ese momento habría ido con Leo al fin del mundo.

Ojalá pudiera decírselo.

Capítulo 11

LEO los llevó hasta una pendiente cubierta de nieve desde la que iban a lanzarse en el trineo.

–Me parece un poco peligroso –murmuró, inquieta.

–¡Mamá! –exclamó Christian, indignado.

–No te preocupes, irá conmigo –dijo Leo–. Pero si te parece demasiado peligroso...

–Mamá, no me va a pasar nada. Leo viene conmigo.

–Muy bien, de acuerdo –suspiró Phoebe.

Leo subió al trineo, con Christian colocado firmemente entre sus piernas, y se lanzaron pendiente abajo, los gritos de alegría de su hijo haciendo eco por toda la montaña.

Phoebe los vio subir de nuevo, Leo tirando del trineo y Christian parloteando, emocionado. Y se le encogió el corazón porque sabía que no iba a durar, que no podía durar.

Pero, por el momento, tendría que olvidar que iban a marcharse, que Leo se casaría con ella sólo si estaba esperando un hijo suyo... porque no la amaba. Durante aquellos días sólo quería disfrutar de la nieve, de la alegría de Christian, de la compañía de Leo.

–Te toca a ti –dijo él cuando llegaron arriba.

–¿Yo? No, no, yo prefiero quedarme aquí.

–Venga, mamá. ¡Es muy divertido!

–Yo iré contigo –se ofreció Leo. Phoebe se imaginó sentándose entre sus piernas y tuvo que tragar saliva.

–Muy bien, de acuerdo.

Unos minutos después estaba en esa posición, sintiendo el calor de Leo en sus costados y su espalda, sus manos en la cintura.

–¿Lista?

–Sí... me parece.

Leo empujó el trineo y empezaron a deslizarse pendiente abajo.

–No está tan mal, pensé que me daría más miedo...

Pero en ese momento el trineo empezó a tomar tal velocidad que parecía estar volando y Phoebe lanzó un grito.

–No te preocupes. No va a pasar nada.

El mundo pasaba a su lado como un borrón de colores y Phoebe apoyó la cabeza en su pecho, dejándose llevar.

Pero pronto todo terminó y el trineo se detuvo al final de la pendiente.

–Me ha gustado mucho –sonrió–. De verdad.

Leo la miraba con tal intensidad que la sonrisa se congeló en sus labios.

–Phoebe...

–Sí –murmuró ella.

«Dime que me quieres, por favor».

–¡Venga, subid! –gritó Christian–. ¡Ahora me toca a mí!

Casi con pena, Leo sacudió la cabeza mientras empezaba a subir por la pendiste, tirando del trineo.

Esa noche cenaron con Grete y Tobias y, agotado después de deslizarse con el trineo durante horas, Christian se durmió enseguida mientras los guardeses se retiraban a su habitación.

Y Phoebe y Leo se quedaron a solas.

El fuego de la chimenea creaba sombras en las paredes del salón mientras fuera el mundo era absolutamente oscuro.

–Ha sido maravilloso –dijo Phoebe, sentada en uno de los sofás, con Leo frente a ella–. Imagino que te encantaría venir aquí cuando eras niño.

–Sí, mucho –asintió él, atizando el fuego de la chimenea.

–¿También jugabas con el trineo?

Phoebe intentó imaginar a un niño de pelo oscuro, ojos de color ámbar y sonrisa traviesa. Un niño que debía haber encontrado la felicidad allí, con gente que lo quería.

–Me pasaba todo el tiempo jugando en la nieve. Lo de ser el heredero de repuesto tenía algunas ventajas.

–¿Qué quieres decir?

Leo se encogió de hombros.

–Que tenía cierta libertad. Anders odiaba venir aquí porque no le permitían hace nada que pudiera ser peligroso, ni montar en trineo ni patinar ni correr. A veces me he preguntado si era por eso...
–Leo no terminó la frase.

—¿Por lo que estaba celoso de ti? —terminó Phoebe la frase por él.

Recordaba cómo lo había mirado Anders antes de salir del palacio y las veces que le había hablado de Leo, siempre con amargura y odio.

—Nunca pensé... ojalá no hubiese desperdiciado su vida —suspiró Leo—. Ojalá yo hubiera podido...

—Tú no eras responsable de Anders.

—Sí lo era —afirmó él—. Pero no quiero hablar de mí. Háblame de ti.

—¿Qué quieres saber?

—Dijiste que habías tenido una infancia muy feliz. Cuéntame algo.

—Pues... mi madre tiene un estudio de cerámica en Brooklyn. Es un poco bohemia, ya sabes. Mi casa siempre estaba llena de poetas, de escritores, de cantantes. Ninguno de ellos tenía mucho éxito, pero eran gente muy interesante, muy apasionada.

—Ah, y tú lo has heredado —sonrió Leo.

No lo había dicho con segunda intención, pero Phoebe recordó esa noche en el palacio... y que deseaba más. Lo deseaba ahora, deseaba acercarse a él y tocarlo.

«Da igual que no me quieras, sólo quiero tocarte otra vez».

—Tú tienes una vida en Nueva York —siguió Leo—. Con tu propio negocio, tu familia, tus amigos...

—¿Qué quieres decir? —lo interrumpió ella, asustada. Casi parecía como si estuviera diciéndole adiós.

Él se encogió de hombros.

—Seguramente estarías mejor en Nueva York...

—No.

Leo la miró, sorprendido.

—¿No?

—No quiero hablar de eso ahora –murmuró Phoebe, mirándolo a los ojos–. No quiero que hablemos de nada.

—Phoebe...

Ella se levantó del sofá para sentarse a su lado y Leo cerró los ojos un momento.

—Este sitio es mágico y no tenemos que pensar en nada durante unos días.

—¿Estás segura?

—Sí.

—Sólo unos días... sólo eso.

Lo había dejado bien claro, pensó Phoebe. Ninguna expectativa, ningún futuro. Muy bien, aceptaría lo que le ofreciera. Tendría que ser suficiente porque la idea de no tener nada le resultaba intolerable.

—Sólo unos días –asintió.

Leo enredó los dedos en su pelo y buscó sus labios en un beso tan profundo, tan embriagador que pensó que iba a desmayarse. Lo había echado tanto de menos, lo necesitaba tanto...

Sólo se oía el crepitar de los leños en la chimenea y sus propias respiraciones, el susurro de la ropa cayendo al suelo y el más suave, inaudible, susurro de un hombre y una mujer abrazándose, piel con piel, mientras sus bocas y sus cuerpos se encontraban de nuevo y el deseo desesperado era por fin satisfecho.

Acabó demasiado pronto. Phoebe sabía que sería así, que aquellos días en el chalé pasarían demasiado deprisa. Durante el día jugaban con Christian, montando en el trineo y explorando los alrededores o haciendo las inevitables peleas con bolas de nieve, disfrutando con placeres tan simples.

Un día bajaron al pueblo, un lugar pequeño con casitas de madera y un mercadillo navideño en el que Phoebe no pudo resistir comprar un *nisse*.

Era tan fácil olvidarse de las preocupaciones y de los miedos en un sitio como aquél, lejos de los siniestros silencios del palacio, de la tensión y la ansiedad. Allí no había príncipes ni princesas, duques o duquesas, ni herederos. Eran sencillamente una familia: una madre, un padre y un niño.

Marido y mujer. O casi. Los días estaban llenos de diversión y las noches eran aún más maravillosas mientras Leo y Phoebe descubrían uno el cuerpo del otro. Bajo la cubierta de la oscuridad, no les hacían falta palabras... sólo unos provocativos murmullos: «¿te gusta esto?, ¿te gusta así?». Las risas y los susurros del placer compartido.

Mientras estaba en los brazos de Leo, Phoebe no quería pensar que aquello iba a terminar. Y tal vez no terminaría. Sin querer, se encontró a sí misma imaginando el hijo que podría llevar dentro, con sus ojos y el pelo y la sonrisa de Leo. Porque quería a ese niño, lo deseaba de verdad. Quería una razón para quedarse, una razón para que Leo se casara con ella. Aunque tal vez no la amaba ahora, podría amarla con el tiempo.

Pero, inevitablemente, llegó el final. Los dos días que habían pensado estar en el chalé se habían convertido en diez y Phoebe sabía que pronto volverían al palacio, a la realidad. Tendría que explicarle a Christian, que había aceptado aquella nueva vida sin el menor problema, que debían volver a Nueva York. A su casa...

Pero en aquel momento ya no le parecía su casa.

Esa noche Phoebe estaba tumbada al lado de Leo, con una mano sobre su pecho, las sábanas enredadas en sus cuerpos desnudos, la habitación iluminada por la luz de la chimenea. Fuera, el mundo estaba en silencio, expectante; Leo le había dicho que era porque iba a nevar otra vez.

–Ojalá pudiéramos pasar la Navidad aquí.

–Durante las navidades hay muchas obligaciones en palacio –suspiró él–. Pero tengo un regalo para ti.

–¿Un regalo?

–¿Tanto te sorprende? Lo compré en el mercadillo del pueblo –Leo saltó de la cama y volvió poco después con un objeto envuelto en papel de colores–. Es una baratija, pero pensé que podría gustarte.

–Seguro que sí.

–Venga, ábrelo. Eso es lo que se hace con los regalos, ¿no?

–Sí, claro –Phoebe tenía un nudo en la garganta mientras rasgaba el papel. Era un colgante, un topacio con una cadenita de oro. Lo levantó y, a la luz de la chimenea, la piedra se volvió de fuego–. Es precioso. Muchísimas gracias.

–Es una nadería, pero pensé que te quedaría bien... destaca el dorado de tus ojos.

–Mis ojos son grises –protestó ella mientras Leo le ponía el colgante al cuello.

—Grises con puntitos dorados. Sólo se pueden ver cuando estás muy cerca.

Se miraron a lo ojos entonces, en silencio porque no hacían falta palabras. Leo se inclinó para besarla en el cuello y ella deslizó las manos por su espalda, sonriendo cuando enredó las piernas en su cintura y lo oyó contener el aliento.

Se movían despacio, con un ritmo exquisito, sin decir nada, mirándose a los ojos y diciéndoselo todo de esa forma.

Nunca se había sentido tan cerca de otra persona y, sin embargo, había algo aquella noche... como si fuera una despedida.

—Yo también tengo un regalo para ti —le dijo después, tumbados en la cama.

—¿Ah, sí?

—Es una tontería, pero... pensé en ti cuando lo vi —sonrió Phoebe, antes de levantarse para sacarlo del bolso.

—¿Qué puede ser? —rió Leo, mientras abría el paquete. Dentro había un *nisse* hecho a mano.

—Es bonito, ¿verdad? Tenía una cara más simpática que los demás. No creo que vaya a hacer travesuras, de modo que debes haber sido un buen chico.

Leo no dijo nada y Phoebe se preguntó si habría cometido un error. Pero cuando vio el *nisse* el día anterior en el mercadillo había pensado en él, en su triste infancia.

Por fin, Leo levantó la mirada.

—Gracias —murmuró, con voz ronca—. Es un regalo precioso.

Si Phoebe había tenido alguna duda sobre si merecía su amor, en ese momento supo que todos sus miedos y dudas eran ridículos. De repente, estaba segura.

Leo era ese hombre... lo había visto cuando jugaba con su hijo, cuando ayudaba a Tobias a cargar leña, cuando abrazaba a Grete, cuando le hacía el amor mirándola a los ojos...

Y quería decírselo.

–Leo...

Pero Leo se levantó entonces, como intentando escapar de ella.

–Es muy tarde, deberíamos dormir. Mañana tenemos que volver al palacio.

Phoebe dejó caer los brazos. No podía haberlo dejado más claro: no quería una declaración de amor.

–Muy bien.

Leo volvió después con una cajita blanca en las manos: una prueba de embarazo.

–La he comprado en el pueblo. Puedes hacértela mañana.

–Pero si no han pasado dos semanas.

–Por lo visto, puedes hacerte la prueba en diez días y el resultado es bastante fiable.

–Muy bien –repitió ella, tomando la caja. Sus esperanzas, sus ilusiones, aplastadas para siempre.

Phoebe despertó temprano a la mañana siguiente, con Leo dormido a su lado, y entró en el cuarto de baño.

Su vida dependía de aquella cajita, pensó. ¿No

sería mejor saberlo ahora para seguir adelante con su vida si ése era el caso?

Y si estaba embarazada, para empezar su vida con Leo.

Con el corazón acelerado, leyó las sencillas instrucciones un par de veces para estar segura y después se hizo la prueba.

Los siguientes tres minutos le parecieron una eternidad... pero antes de que pasaran oyó un golpecito en la puerta.

−¿Phoebe?

−Espera un minuto.

Literalmente.

Leo se quedó en silencio y Phoebe supo que también él estaba esperando el resultado, la decisión sobre su futuro... si había uno para ellos.

Los tres minutos pasaron por fin y, con el corazón en la garganta, Phoebe tomó la barrita para ver el resultado.

No había puntito rosa. No estaba embarazada.

−¿Phoebe? ¿Te estás haciendo la prueba?

−Sí −contesto ella, volviendo a leer las instrucciones: *si no apareciera un punto rosa significa que no está embarazada. Puede volver a hacerse la prueba en tres días.*

Tres días. Tenía tres días más para estar segura del todo.

−Phoebe, abre la puerta.

Ella se movió, sin fuerzas. Sólo entonces se dio cuenta de cuánto había deseado estar embarazada para agarrarse a ese sueño, a esa esperanza. Ahora ya no había razones para quedarse.

–¿Y bien?

–No estoy embarazada.

–Ah –murmuró Leo, mirándola a los ojos–. Bueno, supongo que es lo mejor para todos.

–Sí –murmuró Phoebe. No quería hablarle de los tres días, de la posibilidad de que aún estuviera embarazada–. Pues entonces ya está. Se acabó.

No había nada más que decir, pero seguían mirándose el uno al otro sin decir nada, deseando...

Al menos ella lo deseaba. Deseaba que Leo la tomara entre sus brazos, que le dijera que la quería tanto como lo quería ella, que habría otras oportunidades, que aún podían estar juntos. Pero Leo no dijo nada de eso.

–Phoebe...

–¿Sí?

Leo abrió la boca para decir algo, pero en ese momento empezó a sonar su móvil; la línea directa con el palacio. Phoebe supo que la conversación había terminado y rezó para poder retomarla en algún momento.

Él entró en la habitación para contestar y habló rápidamente con alguien en su idioma. Y cuando se volvió hacia ella su expresión era tan seria que Phoebe supo que algo terrible había ocurrido.

–Es el rey.

–¿Qué ha pasado?

–El rey Nicholas ha muerto.

Capítulo 12

TODO había cambiado. Había ocurrido tan rápido. Unos minutos antes Leo y ella estaban en la habitación a punto de... ¿de qué? ¿De escuchar una declaración de amor?

Y de repente, tras la muerte del rey, todo había cambiado. Dañado o tal vez destruido para siempre... si alguna vez hubo una oportunidad. Un minuto después de la llamada, Leo estaba haciendo las maletas y pidiéndole a Tobias que llevase el coche frente a la casa.

–Pero son las seis de la mañana y Christian está dormido –protestó Phoebe.

–No te preocupes por él, puede dormir en el coche.

Ni siquiera estaba mirándola y su expresión era muy seria, grave. Estaba pensando en sus obligaciones, en el palacio, en él mismo como rey. Estaba convirtiéndose en el antiguo Leo, el Leo que ella había esperado no fuese real, como una serpiente volviendo a ponerse su antigua camisa.

–¿Qué pasa? –preguntó Christian cuando fue a la habitación a despertarlo.

–Tenemos que volver al palacio, cariño. El rey...

–¿Qué le ha pasado, está enfermo?

–No lo sé, cielo –Phoebe prefería no darle la noticia en ese momento–. Nos enteraremos cuando lleguemos allí.

Viajaron en silencio por la carretera oscura, el arcén cubierto de nieve. Phoebe miraba el perfil de Leo de vez en cuando y vio que apretaba el volante con tal fuera que sus nudillos se habían vuelto blancos.

Cerró los ojos, agotada, física y emocionalmente. No quería seguir pensando, haciéndose preguntas. Quería repuestas, quería sinceridad, pero no podía pedirle eso a Leo en aquel momento, cuando tenía que pensar en asuntos de Estado.

Varios funcionarios de aspecto importante esperaban en la puerta del palacio y, en cuanto detuvo el Land Rover, habló con un par de ellos a toda prisa. Phoebe sacó a Christian del coche y cuando se volvió, Leo había desaparecido.

No lo vio durante el resto del día y estuvo con Christian en el cuarto de los juguetes, intentando no pensar. Pero no podía dejar de hacerlo. ¿Qué había estado a punto de decirle Leo? ¿Qué habría dicho si ella hubiese tenido valor para decirle que lo amaba?

Frances, muy seria, no dejaba de mirar hacia el patio como si allí pudiera descubrir lo que estaba pasando.

Después de cenar, Phoebe metió a Christian en la cama y se tumbó en el sofá de la suite, demasiado angustiada como para hacer otra cosa.

Debería empezar a hacer planes para volver a Nueva York, pensó. Hacer las maletas, comprar los billetes de avión. Incluso podrían irse al día siguiente. No había ninguna razón para quedarse en Amarnes,

Leo lo había dejado bien claro. Desde que llegaron al palacio no habían sabido nada de él, era como si Christian y ella no existieran.

Phoebe cerró los ojos, intentando controlar la pena. Era mejor así, se dijo. Leo había demostrado quién era de verdad y un matrimonio de conveniencia habría sido una tortura para ella. La vida que había soñado, con un marido y un hijo, no era más que un sueño, un espejismo.

Sin embargo, no podía quedarse tumbada en el sofá, esperando. Debía hablar con Leo. Le exigiría que le dijera la verdad y luego se marcharía a casa.

De modo que se levantó y se arregló un poco el pelo y la ropa antes de recorrer los sombríos pasillos del palacio para encontrar a Leo.

Leo se quitó las gafas de leer para frotarse los ojos, agotado. Había ido de reunión en reunión durante todo el día; con el Parlamento, con el personal de palacio, con la prensa. Siempre intentando solucionar el daño que Nicholas le había hecho al país durante los últimos días, intentando estabilizar la monarquía.

Su monarquía. Él era el rey de Amarnes ahora.

Suspirando, se levantó para acercarse a la ventana. A la luz de la luna podía ver la bandera a media asta en el patio, el crespón negro en la verja del palacio. El rey había muerto, viva el rey Leopold.

Aquello era lo que quería, lo que siempre había querido desde que supo que no podía tenerlo. Y, sin embargo, se sentía vacío, infeliz. Solo.

«No me lo merezco».

Leo intentó silenciar la voz de su conciencia. Daba igual que lo mereciera o no. Era el rey e intentaría ser un buen rey, servir a su país y a su gente con todo su corazón.

Amarnes tendría su corazón porque nadie más podía reclamarlo. ¿Dónde estaba Phoebe?, se preguntó. ¿Se habría marchado, habría huido del palacio como una sombra? Entonces no haría falta que se dijeran adiós. El tiempo que habían pasado en el chalé había sido un momento robado, unos días que debían terminar. Ella lo había dejado bien claro cuando le informó de que no estaba embarazada:

«Entonces ya está, se acabó».

Había estado a punto de decirle que la amaba, casi le había suplicado que se quedara, aunque ella no lo quisiera, aunque no hubiese razón alguna para quedarse. Y se alegraba de no haberlo hecho porque Phoebe estaría mejor en Nueva York, viviendo su vida sin las intrigas y los problemas del palacio... y sin él.

La puerta del despacho se abrió entonces y Leo levantó la mirada, sorprendido.

Phoebe.

Su corazón dio un vuelco y tuvo que apoyar las manos en el escritorio para que ella no lo viese temblar.

—Entra, Phoebe.

Lo había dicho sin ningún tono especial, como si fuera una persona más de palacio, un problema más. Phoebe entró en el despacho mirando los papeles que había sobre el escritorio de Leo, los periódicos que daban la noticia de la muerte del rey Nicholas: *El rey ha muerto, el rey Leopold sube al trono*.

—Enhorabuena —le dijo.

¿Era eso lo que se le decía a un rey? No tenía ni idea.

—Intentaré ser un buen rey para todo el pueblo de Amarnes —dijo él.

—Sí, sé que lo harás —murmuró Phoebe, intentando controlar las lágrimas. Querría preguntarle qué habían significado para él esos días en el chalé, querría preguntarle si la amaba. Pero no tenía que hacerlo, no hacía falta; estaba claro que no era nada para Leo.

—He pensado que debería volver a Nueva York con Christian mañana mismo. Josie, mi ayudante, debe estar volviéndose loca con los pedidos.

—Sí, claro —Leo se puso unas gafas de leer y a Phoebe se le encogió el corazón. No sabía que usara gafas. ¿Cuántas cosas más no sabría sobre él? Y ya no las sabría nunca...

—Puedes ir en el jet de la Casa Real. Es lo mínimo que puedo hacer por ti.

—Gracias, es muy generoso por tu parte.

—No es nada.

Después de lo que había habido entre ellos, no era nada.

—Christian sigue siendo tu sobrino. ¿Querrás... volver a verlo?

—¿Quieres tú que lo vea?

—Te has convertido en alguien importante para él durante estas dos semanas.

—Sí, lo sé. Y también él es importante para mí.

—¿De verdad? —le espetó Phoebe entonces, dolida—. Porque tengo la impresión de que has estado utilizándolo como me has utilizado a mí.

—¿Utilizando a Christian? ¿De qué manera lo he utilizado, Phoebe?

—Tú querías estabilizar la monarquía y la única manera de hacerlo era sentarte tú mismo en el trono. Si Christian era el heredero no podrías hacerlo, pero podrías ser su guardián o su tutor. Esperabas convertirte en regente para controlar a mi hijo... pero entonces yo te di la mejor noticia posible: Christian no era hijo mío, de modo que tú podías ser rey.

Sus ojos se habían llenado de lágrimas y tuvo que morderse los labios para controlarlas.

—¿De verdad crees eso?

—Lamentablemente, te lo dije un poco tarde y tuviste que acostarte conmigo...

—Phoebe...

—Una molestia, claro.

—¿De dónde sacas esas cosas? —exclamó Leo, airado—. ¿Por qué dices eso?

—¿Qué voy a pensar cuando nos traes a palacio al amanecer, nos dejas en la entrada como si fuéramos maletas y no vuelves a dirigirnos la palabra en todo el día? ¿Y sabes por qué?

—No, Phoebe —suspiró él—. Dímelo tú.

—Porque ya no te importamos. Christian es hijo ilegítimo de Anders y yo no estoy embarazada, así que ya no quieres saber nada de nosotros.

Después de enumerar sus quejas esperó que Leo le dijera que estaba equivocada, que no era cierto, que sus miedos no tenían ningún sentido.

«No dejes que me marche de aquí».

–Parece que tienes todas las respuestas –murmuró él, sin embargo, mirando los papeles de su escritorio.

A Phoebe le dolía el pecho de contener las emociones. ¿Eso era todo lo que iba a decir? ¿Ni una explicación, ni una disculpa?

–Sí, parece que sí.

Se miraron el uno al otro durante unos segundos, pero él seguía sin decir nada más.

–Será mejor que me marche.

Leo no dijo nada y, con el corazón encogido, Phoebe se dio la vuelta sin creer que aquella fuera su despedida. Para siempre. Después de las noches que habían compartido, de las caricias, de los secretos, Leo la dejaba salir de su vida sin decir una palabra.

–La razón por la que no he podido hablar contigo en todo el día es porque he estado reunido con miembros del gobierno –lo oyó decir entonces– para evitar un golpe de Estado.

Phoebe se volvió, con el picaporte en la mano.

–¿Un golpe de Estado?

–Eso he dicho. Nadie sabe nada sobre el nacimiento de Christian...

–¿Por qué no lo saben? ¿No se lo contaste a Nicholas?

–No, no se lo dije –respondió él–. Yo sabía que estaba muy enfermo. Sólo era una cuestión de semanas, tal vez días. Se me ocurrió que si lo supiera... podría haceros la vida imposible a Christian y a ti. Nicholas era ese tipo de persona.

–¿Quieres decir que podría haber pedido la custodia del niño?

–Nicholas era una mala persona, perfectamente capaz de hacerle la vida imposible a alguien sencillamente porque podía hacerlo.

–Entonces cuando volviste...

–Nicholas había cambiado su testamento y aquí hay mucha gente que habría buscado el poder a través de Christian si el niño fuera rey. Tuve que demostrarle al Parlamento que Christian era hijo ilegítimo de Anders... pedí su partida de nacimiento a París. Su madre se llamaba Leonie Toussaint, una camarera como tú me constaste, de diecinueve años. Pobre chica...

–Pero podrías habérmelo dicho...

–No quería que Christian y tú tuvierais nada que ver para ahorraros problemas. En cualquier caso, todo se ha hecho con la mayor discreción y los periódicos pronto se olvidarán del asunto.

–Y tú serás el rey de Amarnes. Enhorabuena, ya tienes todo lo que querías.

–¿Crees que he hecho todo esto sólo porque quería ser rey? –le espetó Leo, furioso.

–¿Qué voy a pensar?

–Jamás pensé que merecía el trono, Phoebe, y parece que tú estás de acuerdo conmigo.

–¿Qué estás diciendo? Pues claro que mereces el trono. Tú eres el siguiente en la línea sucesoria...

–Un accidente de nacimiento que no significa nada –la interrumpió él–. Tú deberías saberlo. Mira Anders, lo habían preparado para ese cometido desde que nació, pero salió huyendo en cuanto tuvo oportunidad.

–¿Y por qué crees que no mereces ser rey?

–¿Por qué crees tú que yo deseo serlo?

–Porque... –Phoebe sacudió la cabeza, indecisa– todo lo que has hecho ha sido con ese fin. Traerme a Amarnes, pedirme que me casara contigo...

–No lo hice para controlarte, lo hice para protegeros a Christian y a ti. Para que no fuerais manipulados y atemorizados como le pasó a mi madre. ¿Qué clase de hombre crees que soy?

Phoebe se puso colorada. Y, de repente, se dio cuenta de que podría estar equivocada.

–Pensé que eras un buen hombre –susurró–. Parecías la clase de hombre del que yo podía enamorarme. Y me enamoré de ti, Leo. Pero había esperado que también tú me quisieras.

–¿Y por qué has cambiado de opinión entonces?

–¿Qué quieres decir?

–Has venido aquí a decirme que te ibas. La verdad es que estabas deseando marcharte.

–No, no es así...

–Y no te culpo –dijo Leo entonces–. La única razón por la que no te pido que te quedes... por lo que no te suplico de rodillas que te quedes es que sé que Christian y tú estaréis mejor en Nueva York.

–¿Qué? –Phoebe lo miró, incrédula–. Leo, ¿por qué dices eso?

–No te merezco, ni merezco todo esto –dijo él, señalando alrededor.

Phoebe se dio cuenta de su amargura; una amargura que debía haber nacido muchos años antes, cuando le habían dicho de mil maneras que no lo necesitaban, que no lo querían allí. Y, evidentemente, él lo había creído.

—¿Alguien se merece el amor? —le preguntó—. Uno no tiene que merecerlo, sencillamente ocurre. Y yo te quiero.

—No me conoces —dijo Leo en voz baja—. No sabes qué clase de hombre soy, de lo que soy capaz.

Phoebe había pensado lo mismo una vez, cuando la intimidó en aquel salón del palacio. Pero sabía que ya no era ese hombre. Lo había visto en sus caricias, en las sonrisas que le dedicaba a Christian, en montones de pequeños detalles.

—Creo que sí te conozco. En las dos última semanas...

—Dos semanas —la interrumpió él—. Si me conoces tan bien, ¿cómo puedes acusarme de haberte utilizado? ¿Cómo podías creer que me casaría contigo sólo para manipular a Christian?

—Estaba enfadada, disgustada... por eso lo he dicho. Y quería que tú lo negases.

—Y lo niego —afirmó él, apasionadamente—. Porque quiero casarme contigo para protegerte de las maquinaciones de Nicholas y de sus partidarios. Incluso después de muerto... sin un protector, Christian hubiera sido vulnerable. Te aseguro que ser un niño solo en esta Corte no es tarea fácil.

—No, imagino que no.

—Pero hay otras cosas... —Leo se dio la vuelta y Phoebe se dio cuenta de que se sentía avergonzado.

—¿Qué cosas? ¿De qué te avergüenzas? ¿De tu vida de play boy? Porque eso fue hace mucho tiempo y...

–¿Crees que estoy hablando de las fiestas, de las mujeres? No, no es eso.

–¿Entonces?

–¿Quieres saber la verdad, Phoebe? ¿Quieres saber qué clase de hombre soy? Así no te engañarás a ti misma pensando que me quieres. Yo odiaba a Anders, lo odiaba con toda mi alma. Lo odiaba por todo lo que había tenido que hacer por él y por todo lo que él nunca hizo por mí. Por todo lo que tuvo y dejó escapar... especialmente a ti.

–Leo...

–Lo odiaba tanto que me alegré de que abdicase. Quería que se fuera de aquí, perderlo de vista cuanto antes. Quería librarme de él de una vez por todas pero, por supuesto, no fue así. Era el heredero, pero Nicholas nunca olvidó quién debía haber sido el rey. Y tampoco yo. Así que ésa es la clase de hombre que soy, un hombre consumido por el odio durante tanto tiempo que en mi corazón ya no queda sitio para el amor.

–¿Odio o sentimiento de culpa? –le preguntó ella.

–Eso da igual.

–No, no da igual –insistió Phoebe. Estaba segura de que Leo ni siquiera había odiado a Anders.

Pensó entonces en el ala de enfermedades pulmonares, en el endurecimiento de las leyes contra los conductores borrachos. Estaba atormentado por un pasado que nunca había sido capaz de controlar, por ser el hijo mayor pero el primo pequeño. Por querer ser responsable y no poder serlo.

–Tú no eras responsable de la vida de Anders.

–Yo era el mayor...

—¿Y qué?

—Era mi obligación...

—¿Eso es lo que te decían? ¿Que tú tenías que solucionar los problemas de Anders?

—Alguien tenía que hacerlo.

—Anders era responsable de su propia vida, Leo. De sus propios errores. Y él eligió su camino, no tú, hasta el final.

—Yo nunca lo detuve –le confesó Leo entonces–. Debería haberlo hecho porque siempre supe que acabaría mal, pero no hice nada...

—Nadie podía parar a Anders. Él siempre hacía lo que quería, era imposible convencerlo de nada. Yo lo sé muy bien.

A pesar de la desesperación que veía en los ojos de Leo, Phoebe pensó que aún había alguna esperanza.

—Yo no te culpo de nada. Y creo que no lo odiabas tanto como odiabas lo que hacía, al hombre en que se había convertido. Odiabas que tirase su vida por la ventana cuando lo tenía todo...

—Yo debería haberlo ayudado –insistió Leo–. Yo podría...

—¿Crees que Anders habría dejado que lo ayudases? –suspiró Phoebe–. Yo creo que tu primo estaba resentido contigo... tal vez te odiaba porque sabía que eras mejor que él.

—Anders me odiaba porque sabía que yo lo odiaba a él.

—O tal vez te odiaba porque nunca os dieron la oportunidad de quereros. Os pusieron en un papel imposible desde niños y nunca hubo ninguna oportunidad de que tuvierais una relación normal.

—Eso es cierto —admitió Leo—, pero no cambia nada.

—¿No cambia el hombre que eres? Yo sé qué clase de hombre eres, Leo. Y creo que todo lo que me has dicho te convierte en un hombre mejor, no en uno peor. Odiabas que Anders desperdiciase su vida y, sin embargo, has sacrificado la tuya.

—Sólo porque...

—Da igual el porqué —lo interrumpió ella—. Lo único que importa es lo que haces. Por tu primo, por tu rey. Y por tu madre también. Los actos son lo que cuenta y yo te quiero por lo que haces. Creo en ti y sé que serás un buen soberano. Además... —Phoebe respiró profundamente— sé que serías un marido estupendo. Y un buen padre, estoy segura de ello.

—Phoebe...

—El amor es una elección y yo he decidido amarte. A ti, por completo, con tus errores y tus miserias, como yo tengo las mías —Phoebe alargó una mano para tocarlo—. Amo al hombre que es cariñoso con mi hijo, al hombre cuyos ojos brillan cuando habla con él o juega con él. Y amo al hombre que me mira con los ojos encendidos cuando hacemos el amor. Te amo, Leo.

Él apoyó la cabeza en su frente, suspirando, y se quedaron en silencio un momento, intentando darse fuerzas. Phoebe esperó. Sabía lo que quería de Leo, pero no se atrevía pedírselo.

—Te quiero —dijo él por fin. Era una confesión y Phoebe cerró los ojos, aliviada—. Te quiero, aunque jamás pensé que tú podrías amarme.

—Pero te amo.

Él sacudió la cabeza, apartándose un poco.

–No me lo puedo creer. No hay ninguna razón...
–Ya te he dicho mis razones –lo interrumpió ella, tomando su cara entre las manos–. Y se me ocurren muchas más.

Leo buscó sus labios en un beso largo, profundo, sentido, un beso que borró de un plumazo los malos recuerdos, los miedos, la culpa, el remordimiento.

Phoebe cerró los ojos, apoyando la cara en su hombro, sintiendo el sólido consuelo de su presencia, la felicidad de su amor. Fuera, el sol se había puesto y la luna brillaba sobre la nieve. El día había terminado, un largo, interminable día; un día lleno de penas y angustias. Ese día, pensó mientras Leo volvía a buscar sus labios, ya era el pasado.

Y estaba empezando un nuevo día.

Epílogo

ERA un precioso día de abril, el aire fresco y limpio, el cielo de un azul brillante después de la lluvia. Phoebe estaba a la izquierda de Leo, dándole su mano a Christian, sonriendo a través de las lágrimas.

Lágrimas de felicidad.

Christian se movió, impaciente e incómodo con la pesada librea de terciopelo. Y Phoebe lo entendía; su propio vestido, de satén bordado con pedrería y diez metros de cola, había sido usado por las últimas once reinas de Amarnes... el título que estaba a punto de asumir en cuanto Leo fuese coronado.

Cuando el arzobispo de Amarnes colocó la antigua corona de zafiros y rubíes sobre la cabeza de Leo la multitud empezó a aplaudir a su nuevo rey.

Phoebe había sentido el cariño de la gente durante los últimos meses cada vez que iban a pasear a Njardvik. Las mujeres le daban la mano, las niñas le entregaban ramitos de flores. Todo el mundo estaba encantado, dispuestos a darle la bienvenida a un nuevo rey; un rey afectuoso y natural con todos. Estaban listos para el rey Leopold I.

Cuando concluyó el antiguo rito de coronación, Phoebe dio un paso adelante para aceptar su propia corona, alegrándose de haber usado el suero y la plancha para alisar su rebelde melena, aunque a Leo le gustaba su pelo rizado. La corona cayó sobre su cabeza, enorme y pesada, pero era un peso que ella estaba dispuesta a soportar.

Leo buscó su mano entonces, enredando los dedos con los suyos.

—¿Estas bien? —susurró, mirando con cierta preocupación su abultado abdomen. Y ella sonrió, poniendo una mano allí, como llevaba meses haciendo, casi como si pudiera tocar la vida que crecía dentro de ella.

—Más que bien —contestó. La gente empezó a aplaudir de nuevo cuando Phoebe y Leo se dieron la vuelta para saludarlos—. Más que bien —repitió, con el corazón lleno de felicidad.

Christian soltó su mano para colocarse en medio de lo dos, como solía hacer.

—Es el día más maravilloso de mi vida.

Leo la miró, con una ceja levantada y una sonrisa en los labios y ella supo que estaba de acuerdo.

Sí, más que maravilloso, pensó. De hecho, era absolutamente perfecto.

Bianca

Era la novia más apropiada para el siciliano...

Hope Bishop se queda atónita cuando el atractivo magnate siciliano Luciano di Valerio le propone matrimonio. Criada por su adinerado pero distante abuelo, ella está acostumbrada a vivir en un segundo plano, ignorada.

Pero las sensuales artes amatorias de Luciano la hacen sentirse más viva que nunca. Hope se enamora de su esposo y es enormemente feliz... ¡hasta que descubre que Luciano se ha casado con ella por conveniencia!

Un amor siciliano

Lucy Monroe

¡YA EN TU PUNTO DE VENTA!

Acepte 2 de nuestras mejores novelas de amor GRATIS

¡Y reciba un regalo sorpresa!

Oferta especial de tiempo limitado

Rellene el cupón y envíelo a
Harlequin Reader Service®
3010 Walden Ave.
P.O. Box 1867
Buffalo, N.Y. 14240-1867

¡Sí! Por favor, envíenme 2 novelas de amor de Harlequin (1 Bianca® y 1 Deseo®) gratis, más el regalo sorpresa. Luego remítanme 4 novelas nuevas todos los meses, las cuales recibiré mucho antes de que aparezcan en librerías, y factúrenme al bajo precio de $3,24 cada una, más $0,25 por envío e impuesto de ventas, si corresponde*. Este es el precio total, y es un ahorro de casi el 20% sobre el precio de portada. !Una oferta excelente! Entiendo que el hecho de aceptar estos libros y el regalo no me obliga en forma alguna a la compra de libros adicionales. Y también que puedo devolver cualquier envío y cancelar en cualquier momento. Aún si decido no comprar ningún otro libro de Harlequin, los 2 libros gratis y el regalo sorpresa son míos para siempre.

416 LBN DU7N

Nombre y apellido	(Por favor, letra de molde)	
Dirección	Apartamento No.	
Ciudad	Estado	Zona postal

Esta oferta se limita a un pedido por hogar y no está disponible para los subscriptores actuales de Deseo® y Bianca®.
*Los términos y precios quedan sujetos a cambios sin aviso previo.
Impuestos de ventas aplican en N.Y.

SPN-03 ©2003 Harlequin Enterprises Limited

Deseo

Confesiones de una amante

ROBYN GRADY

Cuando Celeste Prince descubrió que el millonario Benton Scott había comprado la empresa de su familia, decidió recuperarla como fuera. Pero el guapísimo Benton la atraía como ningún otro hombre y su bien urdido plan sólo conseguía llevarla a un sitio: su cama.

Benton dejó claro desde el principio que sólo podía ofrecerle una aventura. La pasión entre ellos era abrasadora, pero los sentimientos de Ben seguían helados y Celeste sabía que sólo una dramática colisión con su difícil pasado podría derretir su corazón.

Tal vez aquella pasión conseguiría hacerle sentir de nuevo

¡YA EN TU PUNTO DE VENTA!

Bianca

Ella es tan pura e intachable como los diamantes que él utiliza para cautivarla...

Cuando la tutela conjunta de la pequeña Molly se ve amenazada, el italiano Mario Marcolini llega a la conclusión de que, para protegerla, sólo hay una opción posible: Sabrina, la niñera de la pequeña, deberá ceder a sus pretensiones matrimoniales.

Sabrina, que recela del peligrosamente atractivo Mario, aceptará su propuesta por el bien de la niña.

Mario está convencido de que su futura esposa no es más que una astuta cazafortunas, pero pronto descubrirá la verdad.

Novia inocente

Melanie Milburne

¡YA EN TU PUNTO DE VENTA!